Chère Lectrice,

Les hommes ont-ils une façon particulière de vivre la relation amoureuse ? Connaissent-ils les mêmes craintes, les mêmes incertitudes, les mêmes interrogations que leurs compagnes ? A défaut de donner une réponse à cette délicate question, Charlotte Lamb nous fait partager en direct les pensées d'*Un macho au cœur tendre* (Azur 1936). Elle s'est, en effet, amusée à écrire son livre entièrement du point de vue masculin. C'est plus vrai que nature, et fort divertissant. Et, pour une fois que nous savons ce que l'un de ces messieurs a dans la tête, autant en profiter ! Car c'est loin d'être le cas de nos autres séducteurs du mois avec lesquels nos héroïnes ne savent — pas plus que nous ! — sur quel pied danser.

Heureusement, le mystère n'est pas incompatible avec l'amour, loin de là. C'est même le principal plaisir de la rencontre, non ?

Bonne lecture à toutes !

La Responsable de collection

[illegible]

[illegible]

[illegible]

[illegible]

[illegible]

Un macho au cœur tendre

CHARLOTTE LAMB

Un macho au cœur tendre

COLLECTION AZUR

Cet ouvrage a été publié en langue anglaise sous le titre :
AN EXCELLENT WIFE?

Traduction française de
ANNE BUSNEL

83-85, boulevard Vincent-Auriol, 75013 Paris — Tél. : 01 42 16 63 63
ISBN 2-280-04640-7 — ISSN 0993-4448

Chère lectrice,

Traditionnellement, les romans d'amour nous proposent le récit d'une rencontre vue à travers les yeux d'une femme. Toutefois, je me suis souvent demandé comment son compagnon percevait les mêmes événements.

Les hommes nous ressemblent-ils plus que nous ne l'imaginons ? Connaissent-ils les mêmes doutes, les mêmes émotions ? Leur arrive-t-il aussi, parfois, d'être déroutés ou blessés par nos réactions au point de ne pas pouvoir fermer l'œil de la nuit ? Ont-ils, enfin, autant que nous besoin d'amour pour embellir leur vie ?

Quand Harlequin m'a suggéré d'écrire un roman entièrement d'un point de vue masculin, j'ai sauté sur l'occasion d'essayer enfin de trouver des réponses à certaines de ces questions. J'espère que vous aurez, à le lire, autant de plaisir que j'en ai eu à l'écrire.

Très amicalement,

Charlotte Lamb

1.

Lorsque la sonnerie du téléphone retentit dans le bureau voisin, James l'ignora, convaincu que sa secrétaire allait décrocher, ou du moins l'assistante de cette dernière, une fille aux cheveux jaune poussin qui, du reste, semblait avoir le Q.I. d'un gallinacé de trois jours.

Néanmoins, ce matin-là, aucune des deux femmes ne répondit à l'appel. La sonnerie se prolongea, insistante, lui interdisant bientôt de se concentrer sur l'analyse financière complexe qu'il était en train d'étudier.

Enfin, incapable d'en supporter davantage, James se leva d'un bond et ouvrit à la volée la porte de communication entre les deux bureaux.

— Sapristi, pourquoi ne décrochez-vous pas ce maudit... ?

Il s'interrompit au beau milieu de sa phrase en constatant que la pièce était déserte. Personne non plus dans le petit hall attenant dont la porte était restée ouverte.

Les deux employées avaient disparu. Les ordinateurs étaient allumés, le fax crachait un document, et une pile de lettres à signer s'entassaient sur le bureau. Pourtant James était seul et ce satané téléphone continuait de sonner.

— Où sont-elles passées ? bougonna-t-il en se penchant pour saisir le combiné.

D'une main impatiente, il repoussa la mèche brune qui lui tombait dans les yeux. Ses cheveux étaient trop longs, il devait aller chez le coiffeur, mais, cette semaine, il n'en avait vraiment pas le temps.

— Oui, allô? fit-il d'une voix brusque.

Son interlocuteur, sans doute déconcerté par le ton peu amène, resta silencieux une seconde. Puis une voix féminine, musicale et basse, s'éleva :

— Je souhaiterais parler à M. James Ormond, s'il vous plaît.

Par réflexe, James employa la technique rodée qu'utilisait d'ordinaire Mlle Roper, sa secrétaire.

— De la part de qui? demanda-t-il d'un ton toujours aussi rogue.

— Je m'appelle Patience Kirby. Mais M. Ormond ne me connaît pas.

Il n'avait pas besoin de cette précision. Ce nom ne lui disait rien, et, si la jeune femme représentait une entreprise quelconque, elle l'aurait déjà spécifié. Il n'avait donc pas l'intention de perdre son temps avec elle. C'était précisément pour s'occuper des fâcheux de cette espèce qu'il payait Mlle Roper. Elle n'aurait qu'à se charger de régler le problème, quel qu'il soit, à son retour.

— Rappelez plus tard, déclara-t-il donc, sur le point de raccrocher.

— Je vous en prie! dit la voix d'un ton implorant. Est-ce... Etes-vous M. Ormond?

— Veuillez rappeler plus tard, répéta-t-il, avant de couper la communication.

Puis il lança un regard glacial à sa secrétaire qui venait d'apparaître sur le seuil, son assistante blonde sur les talons.

— Où étiez-vous passées? Pourquoi suis-je obligé de perdre mon temps à répondre moi-même au téléphone? demanda-t-il sèchement.

La blondinette écarquilla les yeux et ouvrit stupidement la bouche, avant de se retrancher promptement dans le petit hall. L'expression égarée de la fille agaça James au plus haut point. Pourquoi diable sa secrétaire avait-elle engagé cette demeurée? Au fil des ans, il avait pris l'habitude de laisser Mlle Roper s'occuper seule des embauches et des licenciements. Il lui faisait confiance, mais, en l'occurrence, elle avait commis une erreur. Il faudrait lui en toucher deux mots... dès qu'il trouverait le temps. Cette blonde était d'une timidité pathologique, elle était prise de panique chaque fois qu'elle se trouvait en sa présence, comme s'il était Jack l'Eventreur en personne.

— Je suis désolée, monsieur Ormond, dit Mlle Roper, mais les filles de l'administration donnaient une petite fête en l'honneur de Thérésa. Nous y avons fait un saut le temps d'y déposer nos cadeaux. Comme vous le savez, elle part aujourd'hui, et...

— Non, je n'en savais rien. D'ailleurs, je ne la connais même pas. Thérésa qui ?

— Thérésa Worth. Elle tient le standard. Une fille avec des cheveux bruns très courts et des lunettes.

— Oh, celle-là ! Pourquoi s'en va-t-elle ? Elle a trouvé une meilleure place ? Ou bien l'avez-vous licenciée ?

— Non, elle va avoir un bébé.

James fronça les sourcils.

— Elle est mariée ?

Sa secrétaire lui renvoya un regard amusé, quoique légèrement réprobateur.

— Vous ne vous rappelez pas ? lui dit-elle. Elle s'est mariée l'année dernière et nous avons donné une fête pour l'occasion. Vous nous aviez permis d'utiliser la cantine.

— Ah, ça, je m'en souviens, acquiesça James avec froideur.

Et comment ! Ce jour-là, les filles avaient transformé la cantine en véritable capharnaüm. A en juger par l'état du sol, elles s'étaient amusées à se bombarder de nourriture et de cotillons. L'équipe de nettoyage s'était plainte le lendemain.

Mlle Roper prit une expression penaude qu'il trouva amplement justifiée.

— Cette fille s'en va pour de bon ? demanda-t-il encore. Ou prend-elle simplement un congé maternité ?

— Elle part définitivement, monsieur. Elle et son mari s'installent dans le Yorkshire.

— Tant mieux ! Elle était plutôt envahissante...

— Thérésa est très appréciée à la banque ! protesta Mlle Roper. Et je vous jure que nous ne nous sommes absentées qu'une petite minute. J'ai demandé au standard de prendre les appels durant notre absence. Je suis navrée que vous ayez été dérangé, et je vais exiger que la personne responsable vienne en personne vous présenter ses excuses.

— Non, non, inutile. J'ai perdu assez de temps comme ça. Faites en sorte que cela ne se reproduise plus, c'est tout.

— Je vous le promets, assura-t-elle, les joues empourprées.

James ne l'avait jamais vue aussi agitée auparavant. D'ordinaire, Mlle Roper était une petite personne calme, à la mise soignée, au physique banal : cheveux châtains, yeux bruns, tenues passe-partout.

Aujourd'hui, elle portait un ensemble gris et noir, et cependant, chaque fois qu'il pensait à elle, il se la représentait vêtue de marron. Elle lui évoquait irrésistiblement un moineau. Brenda Roper était son aînée de douze ans. Quand il avait commencé à travailler à la banque quatorze ans plus tôt, c'était son père, alors P.-D.G., qui l'avait sélectionnée parmi des dizaines de candidates et, depuis, elle avait toujours assuré le secrétariat de James.

Au début, manquant de confiance en lui, et devant batailler pour s'intégrer au sein de la banque familiale gérée d'une main de fer par ce père autoritaire, il avait trouvé l'efficacité de Mlle Roper un peu intimidante. C'est d'ailleurs pourquoi il avait insisté pour l'appeler par son nom de famille. Le caractère formel de leur relation l'avait aidé à se sentir responsable et professionnel.

Par la suite, ils avaient prolongé cette habitude, même si les autres cadres de la banque appelaient communément leurs secrétaires par leur prénom. A présent, le pli était pris.

— Vous auriez pu me prévenir que vous vous absentiez, fit-il encore remarquer. N'importe qui aurait pu entrer dans le bureau et lire des fichiers confidentiels dans l'ordinateur !

— Pas sans le code, monsieur. Je suis navrée, j'aurais dû vous avertir, mais je ne voulais pas vous importuner.

— Dans ce cas, l'autre demeurée aurait pu rester. Elle sait au moins répondre au téléphone, même si elle est incapable de retranscrire correctement un message !

Dans le hall voisin, on entendit une exclamation étouffée. Mlle Roper secoua la tête d'un air réprobateur.

— Lisa fait de son mieux, monsieur.

— Eh bien, ce n'est pas assez !

— Vous êtes injuste. Croyez-moi, elle est tout à fait compétente et travaille dur. C'est vous qui la rendez nerveuse.

— Je ne vois pas pourquoi !

Mlle Roper laissa échapper un petit soupir. Elle parut sur le point d'ajouter quelque chose, mais la sonnerie du téléphone retentit de nouveau et, visiblement soulagée, elle se hâta d'aller décrocher.

James regagna son propre bureau en claquant la porte derrière lui. Puis il se plongea dans le dossier qu'il devait entièrement consulter avant le déjeuner. Heureusement, il possédait cette faculté essentielle de pouvoir à son gré se couper du monde extérieur afin de se concentrer sur son travail, et de s'arrêter net pour être à l'heure à ses rendez-vous.

Aujourd'hui, il devait déjeuner avec sir Charles Standish, l'un de ses directeurs, qui, ayant autrefois travaillé pour l'entreprise à laquelle se rapportait le dossier, serait en mesure de lui fournir des détails complémentaires. James ne laissait jamais rien au hasard. Cette compagnie en particulier était sur le point d'être rachetée par l'un des plus gros clients de la banque, et James devait émettre un avis avant la décision finale. Sur ce point précis, il ne pouvait se permettre la moindre erreur.

Mlle Roper entra dans le bureau cinq minutes plus tard, portant un plateau d'argent. Tout en lui servant son café noir dans une tasse de porcelaine, elle murmura d'un ton d'excuse :

— Je suis vraiment désolée que vous ayez été dérangé tout à l'heure, monsieur Ormond. Je sais bien que vous êtes particulièrement occupé cette semaine.

— Veillez juste à ce qu'à l'avenir, il y ait toujours du personnel dans le bureau. Je ne vous paie pas pour répondre moi-même aux appels. Bientôt, vous me demanderez aussi de taper le courrier !

— Certainement pas. Vous ne savez pas taper à la machine, monsieur.

Paupières plissées, James releva le nez de son dossier.

— Est-ce une plaisanterie ou un sarcasme, mademoiselle Roper ?

— Je me contente d'énoncer un fait, monsieur. Ah ! Il y a une certaine Mlle Kirby au téléphone, qui demande à vous parler.

— Kirby ? Patience Kirby ?

— Oui, c'est bien le nom qu'elle a donné. Dois-je vous passer la communication ?

Voyant un sourire entendu s'inscrire sur les lèvres de la secrétaire, James fronça les sourcils.

— Vous la connaissez ? demanda-t-il.

— Moi ? Oh, non ! Je croyais que vous...

— J'ignore tout à fait qui est cette personne.

— Je... Je ne lui ai pas posé la question, avoua Mlle Roper, décontenancée. J'ai pensé qu'il s'agissait d'un appel personnel.

— Et pourquoi donc ?

— A l'entendre, elle semblait bien vous connaître.

— Vraiment ? Ça ne me surprend pas. C'est elle que j'ai eue au téléphone tout à l'heure. Demandez-lui ce qu'elle veut et réglez vous-même le problème.

— Bien, monsieur.

Mlle Roper se retira, fermant la porte derrière elle. Sans cesser de lire son dossier, James sirota son café qui était juste comme il l'aimait, fort et parfumé. Il se le faisait toujours servir à cette heure précise, dans ce service de porcelaine datant de l'époque victorienne qui avait appartenu à son père et dont chaque pièce était encore intacte. Les employés de la banque les manipulaient avec des gants de chevreau, car ils savaient parfaitement ce que ce service symbolisait aux yeux de James : la continuité de l'établissement bancaire, un lien avec feu son père et son grand-père.

James prenait toujours un biscuit avec ses deux tasses de café matinales. Il avait ses habitudes, les mêmes que celles de son père, un homme épris de discipline qui l'avait préparé dès son plus jeune âge à diriger la banque Ormond & Fils, tout comme l'avait fait pour lui son propre père quelque soixante-dix ans plus tôt.

Aujourd'hui, le travail était grandement facilité par l'informatique et les technologies modernes, mais, en définitive, peu de chose avait changé.

Les locaux de la banque se trouvaient à la City, à deux pas de la Tour de Londres. De son étage, James avait une vue magnifique sur la Tamise et sur les quartiers anciens et modernes de la ville dont l'architecture retraçait parfaitement la riche histoire.

Pourtant, il accordait rarement un coup d'œil à ce panorama fascinant. Le matin, lorsque sa secrétaire se présentait, il était déjà installé à son bureau. Il aurait préféré que Mlle Roper soit là elle aussi dès 8 heures tapantes, mais celle-ci était affligée d'une vieille mère malade à qui elle préparait le petit déjeuner chaque matin. Ensuite elle devait attendre l'arrivée de la voisine qui prenait soin de la vieille dame en son absence pour quitter l'appartement.

James lui avait conseillé de prier la voisine d'arriver plus tôt, mais cette dernière devait tout d'abord conduire en personne ses enfants à l'école. Ces femmes avaient un chic pour se compliquer la vie ! Quand il s'agissait de responsabilités familiales, les plus compétentes demeuraient sourdes à tout argument rationnel !

Le téléphone posé sur son bureau sonna. D'un geste machinal, James décrocha.

— Oui ?

— Mlle Wallis, monsieur.

Mlle Roper avait adopté ce ton distant qu'elle employait toujours lorsqu'elle évoquait Fiona. De toute évidence, elle ne l'aimait pas, ce qui semblait réciproque, bien que Fiona ne se soit jamais abaissée à critiquer une simple employée de bureau.

Ce matin-là, Fiona paraissait plutôt apathique.

— Chéri, je suis désolée, je vais être obligée d'annuler notre dîner de ce soir. J'ai encore la migraine, lui annonça-t-elle.

— Fromage ou chocolat ?

Elle émit un rire de gorge sensuel.

— Tu me connais trop bien ! J'ai mangé du fromage hier soir avec mon père. Une minuscule part de brie. Il avait l'air si délicieux que je n'ai pas pu résister ! Hélas, je le paie ce matin. J'ai si mal à la tête que je supporte à peine la lumière.

— C'est stupide. Tu sais pourtant bien que tu ne tolères pas le fromage.

Ces migraines survenaient très régulièrement, chaque fois que Fiona cédait à son penchant gourmand pour le fromage ou le chocolat.

— Oui, j'ai eu tort, admit-elle avec un soupir.

— Tu es désespérante. As-tu au moins pris tes cachets ?

— Oui, mais ils n'ont pas encore fait effet. Je suis au bureau, mais je vais rentrer m'étendre dans le noir. Il va me falloir sans doute huit heures pour récupérer. Navrée, chéri. Peut-être pouvons-nous reporter notre sortie à demain soir ?

— Il faudra attendre samedi, je dîne chez les Jamieson demain. Appelle-moi samedi matin, et surtout ne mange pas de fromage entre-temps ! Ni de chocolat !

— Je te promets d'être raisonnable.

Elle lui envoya un baiser, et il raccrocha, irrité que ses projets pour la soirée soient gâchés pour un motif aussi stupide. Il comptait emmener Fiona dans un nouveau restaurant qu'un ami lui avait recommandé, puis ils seraient sortis en discothèque. Tous deux adoraient se détendre dans l'atmosphère sombre et enfumée de leur boîte de nuit préférée.

Fiona était une grande blonde aux cheveux vaporeux et aux yeux d'un bleu arctique. Ils se fréquentaient depuis un an maintenant, et James savait que tout son entourage s'attendait à l'annonce imminente de leurs fiançailles. Fiona ferait une parfaite épouse pour un homme dans sa position ; pourtant, il ne lui avait pas encore demandé sa main.

La jeune femme travaillait dans l'entreprise de son père, un agent de change de la City. Sophistiquée, dotée d'un goût irréprochable, elle était également d'une compétence professionnelle et d'une rigueur à toute épreuve. James admirait sa beauté, ses tenues raffinées, son appartement luxueux de Mayfair et sa puissante Aston Martin rouge vif, à laquelle elle portait une véritable passion ; attitude un brin exagérée aux yeux de James à qui elle vouait des sentiments bien plus tièdes.

A vrai dire, il n'était pas vraiment sûr de ce qu'il éprouvait à l'égard de Fiona. Etait-il vraiment amoureux d'elle ?

Pensif, il fit pivoter sa chaise vers la grande baie vitrée qui surplombait le ruban gris de la Tamise. Non, en toute franchise, il ne pouvait se prétendre amoureux. D'ailleurs, il n'avait jamais réellement aimé une femme. Bien sûr, de temps en temps, il s'était entiché de créatures aussi délicieuses que ravissantes, dont certaines étaient devenues ses maîtresses. Mais Fiona, elle, lui avait fait comprendre sans détour qu'il n'était pas question de relations sexuelles avant le mariage.

Cette résolution avait un peu déstabilisé James. N'était-elle pas frigide ?

A plusieurs reprises, il avait tenté de la faire changer d'avis, mais s'était heurté chaque fois à un refus gentil mais ferme. Cela ne l'avait pas particulièrement offusqué. En réalité, il ne la désirait pas tant que ça.

Cela signifiait qu'il n'était pas éperdument amoureux d'elle, mais était-il indispensable d'être passionnément épris pour se marier ? Une union solide ne reposait pas forcément sur une passion débridée. Il fallait surtout choisir le conjoint adéquat, quelqu'un qui partageât vos centres d'intérêt et votre statut social. Fiona était très belle, elle rendrait envieux les autres hommes, lui ferait honneur en présidant sa table lors des réceptions qu'ils donneraient. Elle était capable de parler haute finance, économie mondiale, politique, sans jamais perdre son sang-froid ni sa retenue. Et elle n'exigerait jamais qu'il lui consacre tout son temps ou qu'il modifie ses habitudes. Que pouvait-on demander de plus à une femme ?

Bien sûr, le fait que ni lui ni elle ne ressentent l'envie urgente de sauter le pas était un peu perturbant, mais, après tout, ils se satisfaisaient tous deux de la situation présente...

S'ils se mariaient, Fiona vendrait son appartement et viendrait habiter dans sa demeure de Regent's Park, une maison où James avait vécu toute sa vie et qu'il avait héritée de son père. James n'imaginait pas vivre ailleurs. Il en admirait chaque pierre, chaque tableau, chaque meuble, et jusqu'à chaque brin d'herbe de la superbe pelouse entretenue avec soin.

A trente-cinq ans, bien installé dans la vie, il tenait beaucoup à ses précieuses habitudes et n'entendait pas les changer, même s'il devait se marier et avoir des enfants. Car il voulait des enfants. Un fils surtout, à qui il léguerait la banque familiale. Fiona souhaiterait peut-être avoir une fille, mais ni l'un ni l'autre ne désiraient une famille nombreuse. Les enfants et la maison seraient le domaine de Fiona. Bien entendu, elle serait secondée par une gouvernante et pourrait continuer à travailler, du moins à mi-temps. Fille unique elle aussi, Fiona hériterait de l'entreprise paternelle, mais elle aimait les responsabilités et serait sans doute très satisfaite de gérer à la fois son travail et leur maisonnée.

Oui, ils se construiraient une vie agréable tous les deux. Toutefois, rien ne pressait.

De nouveau, le téléphone sonna. Agacé, il décrocha brutalement.

— Je vous ai dit que je ne voulais pas être dérangé ! J'espère au moins que c'est urgent ! dit-il d'un ton abrupt.

— Je suis désolée, monsieur Ormond, mais Mlle Kirby a de nouveau appelé et insiste pour s'entretenir avec vous. C'est la quatrième fois, je n'arrive pas à m'en débarrasser.

Sans laisser transparaître la moindre émotion, Mlle Roper précisa :

— Elle dit que c'est à propos de votre mère.

James se raidit et, sous le choc, demeura silencieux quelques secondes. Il entendit soudain le tic-tac de sa montre, et un pigeon qui roucoulait sur l'appui de fenêtre.

Enfin il recouvra sa maîtrise coutumière.

— Ma mère est morte, vous le savez parfaitement, répliqua-t-il. J'ignore ce que cherche cette Mlle Kirby, mais je refuse de lui parler, maintenant ou plus tard. Demandez au standard de ne plus passer ses appels.

Laissant retomber le récepteur sur son socle, il s'adossa à sa chaise, les mains posées à plat sur le bureau. Tout à coup, sa cravate lui semblait trop serrée, il avait du mal à respirer. D'un doigt nerveux, il relâcha le nœud de soie et fit sauter le premier bouton de son col.

Personne n'avait mentionné sa mère devant lui depuis une éternité. Elle avait purement et simplement disparu de son existence quand il avait dix ans, et il n'avait pas eu une pensée pour elle depuis des années. Il ne voulait absolument pas recommencer maintenant.

Qui était cette Patience Kirby ? Essayait-elle de le faire chanter ?

Il aurait peut-être dû prier Mlle Roper d'appeler la police, ou bien l'agence de détectives privés qui enquêtait discrètement sur les clients douteux de la banque ? Il obtiendrait vite toutes les informations possibles et imaginables sur cette fille. Mais pourquoi gaspiller du temps et de l'argent ? Elle ne risquait pas de lui créer des problèmes.

Quoique... Contrarié, il secoua la tête. Les femmes représentaient toujours un problème potentiel ! Même quelqu'un d'aussi fiable et raisonnable que Fiona ; et aussi Mlle Roper qui, en dépit du fort salaire qu'il lui versait, s'obstinait à veiller sur sa mère alors qu'elle aurait pu la placer en maison de retraite. Les femmes avaient beau être intelligentes et pragmatiques, elles finissaient toujours par raisonner avec le cœur plutôt qu'avec la tête !

Il toussota. Sa bouche était bizarrement sèche. Il avait besoin d'un verre.

Se levant, il se dirigea vers le petit bar discrètement dissimulé derrière un panneau lambrissé de chêne, se servit deux doigts de whisky pur malt, puis revint à son bureau.

Il buvait rarement de l'alcool avant le dîner, à l'exception parfois d'un ou deux verres de vin au déjeuner. Mais, aujourd'hui, il devait chasser ce stupide incident de son esprit et se concentrer sur son travail.

Un coup d'œil à sa montre lui apprit qu'il disposait encore d'une demi-heure. Il avait le temps d'achever la lecture du dossier avant de rencontrer Charles. Du moins, si personne ne le dérangeait dans l'intervalle.

Son whisky avalé, il s'absorba dans le rapport dactylographié. Il en était à la dernière page lorsqu'un brouhaha confus s'éleva de la pièce voisine. Sourcils froncés, il releva la tête. Allons bon, que se passait-il encore ?

Quelqu'un criait. Stupéfait, il reconnut la voix de Mlle Roper qu'il n'avait jamais entendue élever le ton auparavant :

— Non, il ne veut pas vous voir ! Ecoutez, je suis désolée... Non, vous ne pouvez pas entrer ! Arrêtez !

La porte s'ouvrit brusquement et trois femmes firent irruption dans son bureau. Il y avait Mlle Roper, son idiote d'assistante, et... une troisième personne qui, emportée par son élan, roula sur la moquette dans un flamboiement de mèches rousses.

James était tellement abasourdi que, l'espace d'un instant, il demeura pétrifié.

Au bord des larmes, Mlle Roper, qui s'était rattrapée de justesse au dossier d'une chaise pour ne pas tomber, tenta d'expliquer :

— Je lui ai dit... qu'elle ne pouvait pas... Mais elle a forcé le passage ! Je suis désolée, monsieur, j'ai fait de mon mieux... Elle ne veut rien entendre !

L'assistante s'éclipsait déjà loin de la présence terrifiante de son patron. James ne lui prêta pas la moindre attention, occupé à dévisager l'inconnue qui venait de forcer la porte de son bureau.

Elle était encore par terre, à genoux, tout près de lui. Soudain, elle s'agrippa des deux mains à son pied droit.

— Je ne m'en irai pas avant de vous avoir parlé ! s'écria-t-elle d'une voix farouche.

James se tourna vers sa secrétaire.

— C'est bien... cette Mlle Kirby ? demanda-t-il.

— Patience Kirby, dit la fille en rivant son regard doré au sien. Je vous en prie, monsieur Ormond, accordez-moi cinq minutes de votre temps, c'est tout ce que je vous demande. Je ne partirai pas avant !

— Mademoiselle Roper, veuillez appeler la sécurité.

La secrétaire déglutit péniblement et s'éloigna à la hâte. James baissa les yeux sur la fille.

— Vous feriez bien de vous relever, lui dit-il froidement. Je n'ai pas l'intention de vous écouter. Si vous n'avez pas disparu d'ici une minute, mes vigiles vont vous jeter dehors. Et lâchez-moi !

Cramponnée comme elle l'était à son pied, il était dans l'incapacité de bouger, sauf à la traîner derrière lui !

La jeune femme lâcha prise, mais ce fut pour immédiatement refermer les bras autour de sa jambe.

— Pourquoi refusez-vous de m'écouter ? s'exclama-t-elle.

— Vous êtes exaspérante ! Je vous prie de me lâcher. Vous vous couvrez de ridicule à vous donner ainsi en spectacle. Et vous allez avoir de graves ennuis. Je pourrais vous faire arrêter pour intrusion illégale et agression !

— J'ai un message pour vous de la part de votre mère.

— Ma mère est morte !

James entendit le bruit de pas précipités des vigiles dans le couloir. Dieu merci, cette scène des plus embarrassantes allait prendre fin.

— Votre mère est en vie ! protesta la jeune femme.

Ses sourcils se froncèrent, et elle se mordit la lèvre, l'air soudain perplexe.

— Vous ne pensiez tout de même pas qu'elle était morte, si ? reprit-elle.

Elle leva vers lui son joli visage en forme de cœur qui avait encore les rondeurs de l'enfance. Ses yeux magnifiques, immenses, étaient frangés de longs cils dorés. Elle avait un petit nez droit, une bouche pulpeuse. Sans être vraiment belle, elle dégageait une séduction toute particulière. Bien entendu, ce n'était pas son type. Il préférait les blondes élancées et sophistiquées. Néanmoins les garçons de son âge devaient la trouver adorable.

— Ma mère est morte ! répéta-t-il en martelant les mots.

— C'est ce que vous a dit votre père ? Durant toutes ces années, vous avez cru que... Oh, c'est trop affreux !

Les yeux d'ambre s'embuèrent et, à la grande stupeur de James, une larme se mit à rouler sur la joue veloutée.

— Arrêtez ! grommela-t-il, horriblement gêné. Pourquoi diable pleurnichez-vous ?

— C'est si triste ! Quand je pense à vous... Pourquoi vous a-t-il menti ? Dire à un petit garçon de dix ans que sa mère est morte ! Vous avez dû avoir le cœur brisé...

Elle avait raison. Il se rappelait encore la sensation de froid qui avait envahi ses veines, le chagrin intense, l'angoisse et le sentiment d'abandon qui l'avaient assailli. Bien sûr, son père ne lui avait pas dit que sa mère était morte. Il n'était pas du genre à camoufler la vérité.

— Ta mère est partie avec un autre homme, elle nous a quittés, lui avait-il annoncé d'une voix coupante. Tu ne la reverras jamais plus.

James était parti vivre dans le Kent, chez une tante qui habitait un cottage à Greatstone, au bord de la mer. Muré dans sa douleur, il restait pendant des heures à regarder les rouleaux grisâtres de la Manche s'écraser sur le sable, tout en écoutant le cri plaintif des goélands. Aujourd'hui encore, chaque fois qu'il entendait ce son mélancolique, une émotion stupide lui remémorait sa souffrance d'alors.

— Elle n'est pas morte ! Elle est vivante ! insista Patience Kirby.

— A mes yeux, elle est morte, répliqua-t-il.

Il était trop tard pour renouer avec sa mère. Il avait passé un quart de siècle à oublier jusqu'à son visage, il n'avait plus besoin d'elle à présent.

Sur ces entrefaites, trois vigiles pénétrèrent dans le bureau, vêtus d'uniformes sombres et de casquettes, prêts à toute extrémité.

— Obligez-la à me lâcher, leur ordonna James.

La fille tourna son minois délicat vers les trois cerbères. En voyant ses yeux humides et ses lèvres roses tremblantes, ces derniers stoppèrent net, la mine contrite.

— Vous feriez mieux de vous relever, mademoiselle, dit enfin l'un d'eux.

Un autre tendit la main à Patience.

— Venez, je vais vous aider, proposa-t-il.

— Non, je ne bougerai pas ! rétorqua-t-elle en secouant la tête, ce qui fit voler ses boucles rousses tels des pétales de fleur au vent.

— Ne restez pas les bras ballants, relevez-la ! intervint James.

Perdant patience, il se pencha et tenta de se libérer de l'étreinte de la jeune femme. Ses mains étaient toutes petites, pourtant ses doigts s'accrochèrent aux siens avec une vigueur surprenante, tels des rameaux de lierre autour d'un tronc. Il réussit à se dégager et se mit debout, l'obligeant à se lever. Résignée, elle ne se débattit pas, et il se rendit compte qu'elle lui arrivait à peine à l'épaule.

Etait-elle vraiment une adulte, ou simplement une adolescente qui voulait s'en donner l'air ? Elle ne devait guère mesurer plus de 1, 57 m. Mais non, décida-t-il en l'observant de plus près, ce n'était pas une gamine, juste une fille menue d'une vingtaine d'années. Elle portait un ensemble à la jupe très courte qui dévoilait ses cuisses sans qu'elle parût s'en préoccuper. Elle semblait peu consciente de sa féminité. Pourtant elle n'avait rien d'un garçon manqué. Au contraire, elle était terriblement sexy, d'une manière qu'il n'aurait su expliquer.

— Votre mère est en vie, monsieur Ormond, dit-elle d'une voix douce. Elle est âgée, malade et très seule. Elle serait si heureuse de vous voir ! Elle n'a personne au monde et a besoin de vous.

— Vous voulez dire qu'elle a besoin de mon argent ! rétorqua-t-il avec cynisme.

De temps à autre, il s'était posé cette question : sa mère reprendrait-elle contact avec lui un jour pour lui soutirer de l'argent ? Il s'était toujours demandé ce qu'il ferait dans ce cas. D'après ce que lui avait dit son père, elle avait reçu un joli pactole lorsque le divorce avait été prononcé. Elle ne pouvait donc rien exiger de plus. Mais elle avait toujours été d'une nature extravagante, avait-il ajouté, et il n'y aurait rien d'étonnant à la voir réapparaître pour réclamer davantage, un jour ou l'autre.

— C'est vrai qu'elle ne possède pas grand-chose, hormis sa pension de retraite, admit Patience Kirby en se mordillant la lèvre. Quand elle a payé son loyer, il lui reste très peu pour vivre. Toutefois, je fais en sorte qu'elle ait trois repas équilibrés par jour, et...

— Vous vous occupez de ses repas ?

— Oui, elle vit avec moi.

James sentit son cœur se soulever. Cette fille serait-elle par hasard sa demi-sœur, née de l'union de sa mère avec ce type avec qui elle s'était enfuie vingt-cinq ans plus tôt ? Il détestait cette idée.

Inquiet, il scruta le visage de la jeune femme en quête d'une quelconque ressemblance. En vain.

— Je tiens un petit hôtel, une sorte de pension de famille, expliqua alors Patience. Les services sociaux m'envoient les personnes âgées qui n'ont pas les moyens de s'offrir un hébergement plus confortable. Voilà comment j'ai connu votre mère il y a trois mois. Elle est très fragile, vous savez. Elle n'aura que soixante ans la semaine prochaine, pourtant elle paraît beaucoup plus âgée. Elle n'a pas eu la vie facile ! Elle a vécu à l'étranger, en France et en Italie. Elle m'a confié qu'elle chantait dans les bars et les hôtels, ce qui lui permettait de gagner juste de quoi subsister.

La jeune femme marqua une pause pour reprendre sa respiration, puis enchaîna :

— Je croyais qu'elle était seule au monde, puis, un jour, elle m'a parlé de vous et m'a avoué qu'elle ne vous avait pas vu depuis vingt-cinq ans. Elle pense à vous sans cesse, et dans sa chambre elle a une pleine valise de photos de vous et d'articles qu'elle découpe dans la presse à votre sujet. Elle donnerait tout pour simplement vous revoir une fois ! Elle n'a plus que vous au monde, et elle est malade : le médecin estime qu'il ne lui reste guère plus de deux ans à vivre.

James avait parfaitement conscience que ni les vigiles ni Mlle Roper ne perdaient une miette de ce discours. Tous écoutaient en silence avec une sympathie collégiale, et parfois un regard réprobateur se posait sur James qui demeurait impassible.

— Ecoutez, dit-il, ma mère a choisi de partir avec un homme il y a vingt-cinq ans. Elle nous a abandonnés, mon père et moi, sans un regard en arrière. Il est trop tard pour faire volte-face et demander mon aide. Mais si vous voulez bien laisser votre adresse à ma secrétaire, je m'arrangerai pour lui faire parvenir une sorte de rente mensuelle.

— Ce n'est pas ce qu'elle veut ! protesta Patience. Elle souhaite vous voir !

— Et moi, je n'en ai aucune envie. Maintenant, je suis très occupé et j'ai un rendez-vous urgent...

— Je ne m'en irai pas avant que vous m'ayez promis de lui rendre visite ! Une fois, une seule !

Mâchoire crispée, James se tourna vers le vigile le plus proche.

— Veuillez faire sortir cette personne, ordonna-t-il.

L'homme fit un pas en avant.

— Allons, mademoiselle, soyez raisonnable, lui dit-il après une hésitation.

Les défiant tous du regard, Patience s'assit alors dans le fauteuil occupé par James un instant plus tôt. Ses yeux fauve étincelaient, sa crinière rousse retombait en désordre sur ses épaules.

— Pour me faire sortir d'ici, il vous faudra utiliser la force ! décréta-t-elle en s'agrippant aux bras du fauteuil.

Le vigile leva un regard impuissant vers James.

— Attrapez-la et jetez-la dehors ! s'exclama ce dernier avec colère. A moins que vous ne préfériez renoncer à votre emploi ?

Galvanisés par la menace, les trois vigiles s'approchèrent de Patience, la saisirent par les bras et les jambes et entreprirent de la porter hors du bureau en dépit de ses cris et de ses ruades.

— Comment pouvez-vous vous montrer aussi cruel ? hurla-t-elle. Quoi qu'elle ait fait au cours de sa vie, elle n'en reste pas moins votre mère !

— Elle aurait dû s'en souvenir plus tôt ! répliqua James, surpris par le ton trop véhément de sa propre voix. Quant à vous, ne vous avisez pas de revenir, sinon c'est par la fenêtre que vous ressortirez !

Effaré par la violence qu'il sentait en lui, il s'obligea à respirer plus lentement. Il détestait perdre son sang-froid. Mais c'était la faute de cette fille, aussi ! Elle l'avait poussé à bout. En plus, elle perdait son temps. On n'effaçait pas vingt-cinq ans d'abandon et de trahison en revenant demander pardon.

Quant à Patience Kirby, il veillerait personnellement à ne plus jamais croiser son chemin.

2.

Avant de quitter son bureau peu avant midi, James demanda à Mlle Roper de se renseigner sur la façon dont Patience Kirby avait réussi à pénétrer dans l'immeuble.

— Elle n'aurait jamais dû passer la réception, et encore moins monter dans l'ascenseur, déclara-t-il. Demandez qui était de service ce matin. Cette fille aurait pu être une terroriste ou une cambrioleuse ! De toute évidence, il y a du laxisme au niveau de la sécurité. Je veux qu'on organise un exercice surprise demain pour juger de la compétence du personnel !

— Bien, monsieur.

Mlle Roper hocha la tête, l'air docile, mais James qui la connaissait bien devina qu'elle était en colère contre lui. Ses yeux bruns étincelaient. Manifestement, elle réprouvait la façon dont il avait fait expulser Mlle Kirby. Bien entendu, elle ne pouvait comprendre ce qu'il ressentait. Sa mère à elle ne l'avait pas abandonnée quand elle avait dix ans !

— Je vous en prie, ne me regardez pas comme ça ! s'écria-t-il encore, ulcéré, avant de s'éloigner en direction de l'ascenseur.

Son chauffeur, Barny King, allait le déposer au Ritz, puis retourner à Regent's Park où il déjeunerait avec sa femme Enid, dans la cuisine de la maison. Il attendrait le coup de téléphone de James pour revenir le chercher.

En ce moment précis, Barny devait déjà l'attendre. Il était toujours à l'heure. On pouvait compter sur lui, sans craindre la moindre critique de sa part. Seules les femmes se croyaient autorisées à juger autrui. Les hommes étaient en général bien plus tolérants.

James n'utilisait pas le même ascenseur que les autres employés de la banque. Il avait son ascenseur privé, plus rapide, qui le conduisait directement au rez-de-chaussée ou au parking du sous-sol, sans s'arrêter aux dix-sept autres étages de l'immeuble.

En débouchant dans le hall pavé de marbre, James jeta un coup d'œil autour de lui, au cas où Patience Kirby se serait trouvée là, mais il ne vit que l'habituelle foule affairée. Tout semblait en ordre.

Patience... Quel drôle de prénom pour une pareille enragée ! En voyant ses cheveux roux, ses parents auraient pourtant dû se douter qu'elle aurait un tempérament de feu. A moins que la prénommer Patience n'ait été de leur part une plaisanterie d'un goût douteux.

Tandis qu'il traversait le hall, il admira, comme toujours, la décoration des lieux. A la mort de son père, quatre ans plus tôt, l'une de ses premières décisions en tant que nouveau P.-D.G. avait été de faire modifier le décor. C'était lui qui avait choisi de remplacer l'un des murs par une immense paroi vitrée laissant entrer la lumière à flots. Il avait aussi opté pour des dalles de marbre au sol, et fait installer un escalator qui s'élevait lentement parmi une forêt de plantes vertes tropicales. Certaines atteignaient à présent plusieurs mètres de hauteur et continuaient de pousser.

A l'origine, la banque avait une atmosphère bien plus austère avec ses meubles anciens et ses fenêtres étroites. Enfant, James n'aimait guère y venir. Il trouvait l'endroit lugubre, presque effrayant, et n'avait aucune envie d'y travailler un jour.

Aujourd'hui, il n'arrivait pas à se souvenir du métier qu'il aurait voulu exercer à l'époque. Conducteur de train ? Aventurier ? En tout cas, il ne désirait certes pas devenir banquier. C'était pourtant, au dire de son père, sa destinée. Ou plutôt la fatalité !

Perdu dans ses pensées, James franchit le portillon tournant et se dirigea vers son chauffeur qui, comme prévu, l'attendait près de la Daimler blanche. Avec un soupir de soulagement, il se laissa tomber sur la banquette arrière tandis que Barny refermait la portière.

— Mettez le verrou automatique, ordonna-t-il au chauffeur quand celui-ci se fut installé au volant.

— Il y a un problème, monsieur James ? s'étonna Barny tout en obtempérant.

— Non, je prends juste quelques précautions.

Barny, un homme d'une cinquantaine d'années à la calvitie prononcée, travaillait pour les Ormond depuis bien longtemps. C'était lui qui avait conduit James au pensionnat quand celui-ci n'était encore qu'un enfant un peu effrayé, puis, quelques années plus tard, qui l'avait installé à l'université de Cambridge avec armes et bagages. C'était également lui qui faisait faire chaque jour la navette entre la City et la maison de Regent's Park au vieux M. Ormond.

Barny et sa femme, Enid, étaient des éléments importants de la vie de James, aussi importants pour lui que Mlle Roper, mais plus proches, puisqu'ils l'avaient connu enfant et lui avaient toujours apporté la bonté et la sollicitude dont il avait besoin. Quand James se remémorait son enfance, à partir de ses dix ans, il pensait instinctivement à Barny et à Enid, rarement à son père. Le couple de domestiques s'était en quelque sorte substitué aux parents qui lui avaient tant manqué. James conservait des souvenirs heureux de moments passés en leur compagnie, assis dans la cuisine à dévorer des festins de beignets ou de sandwichs, nourriture qui n'était jamais autorisée à la table de son père.

Comme la voiture s'éloignait de la banque, James jeta un coup d'œil par la vitre. Personne. Patience Kirby avait dû se résigner et partir.

En songeant à ses petites mains tièdes qui s'étaient cramponnées à lui, il éprouva tout à coup un sentiment de malaise indéfinissable.

Furieux contre lui-même, il chassa cette pensée et sortit

de son attaché-case le rapport financier dont il devait discuter avec sir Charles.

Comme toujours, la circulation était dense sur Piccadilly. Néanmoins Barny réussit à déposer James devant l'entrée latérale du Ritz.

— Je vous téléphonerai tout à l'heure, lui dit James en descendant du véhicule.

Charles était assis dans le patio planté de palmiers, en train de siroter un cocktail au champagne. Après avoir salué James d'un geste de la main, il fit signe au serveur d'apporter un deuxième cocktail.

— Belle journée, n'est-ce pas ? fit-il remarquer comme James prenait place face à lui.

— Vraiment ? Je n'avais pas fait attention.

Charles partit d'un grand éclat de rire.

— Jimmy, toujours le même ! Le travail, rien que le travail !

Charles l'avait toujours appelé Jimmy, bien que James détestât ce diminutif.

Tout en savourant son cocktail, James étudia le menu, et se décida finalement pour une salade d'anchois et de roquette au parmesan, suivie d'une sole meunière aux asperges et aux pommes de terre nouvelles.

— Vous ôterez l'arête centrale, précisa-t-il au serveur.

— Bien, monsieur, acquiesça celui-ci avant de s'éloigner.

Souriant, Charles se pencha en avant.

— Vous savez, Jimmy, quand je déjeune avec vous, j'ai toujours l'impression de voir votre père. Vous êtes son portrait vivant.

— Vous me flattez, répliqua James, sachant très bien que Charles se montrait sarcastique. J'étais très attaché à mon père.

— Vraiment ? Moi, je détestais le mien. Ce vieux bougre n'arrêtait pas de me sermonner.

Ils déjeunèrent dans la magnifique salle à manger qui donnait sur Green Park. Leur table était située dans un angle, près de la baie vitrée légèrement ouverte qui laissait filtrer la brise printanière.

Ils parlèrent essentiellement affaires durant le repas, mais de temps à autre, le regard de James s'évadait vers le parc où les jonquilles ondoyaient en vagues dorées, sous les arbres dont les rameaux vert tendre commençaient tout juste à poindre.

Cette distraction n'échappa pas à Charles qui esquissa un sourire.

— Comment va Fiona, Jimmy ?

— Très bien, merci.

— C'est une fille ravissante, vous avez beaucoup de chance, mon garçon ! J'aimerais bien être à votre place. Vous vous fréquentez depuis plusieurs mois, n'est-ce pas ? J'imagine que les cloches du mariage ne vont pas tarder à carillonner ?

James lui retourna un regard froid. Charles n'était pas un ami proche. Il n'avait pas l'intention de discuter avec lui de sa vie privée.

— Vous n'êtes pas pressé de vous passer la corde au cou, hein ? reprit Charles avec cynisme. Je souhaiterais avoir été aussi prudent que vous. Mais j'ai tiré la leçon de mes erreurs passées. Plus question de mariage pour moi ! A l'avenir, je me contenterai d'avoir des maîtresses.

La cinquantaine élégante, mince, toujours aussi séduisant avec ses tempes grisonnantes, Charles s'était déjà marié quatre fois et était en train de divorcer de sa dernière épouse en date, une superbe jeune actrice héroïne d'un feuilleton télévisé en vogue.

Un soir, en rentrant tard d'un dîner d'affaires, Charles avait surpris sa femme au lit avec son partenaire à l'écran. Sans doute n'aurait-il pas réagi de manière aussi violente s'il ne s'était agi du lit conjugal et de sa chambre, et que son rival n'ait eu le même âge que sa femme.

Le divorce aurait dû se faire discrètement, Charles ne tenant pas à ce que tout le monde sache qu'il avait été cocufié par un jeune bellâtre. Malheureusement, son épouse s'était empressée de vendre des interviews exclusives à la presse à scandales, et Charles avait connu l'humiliation de voir les détails de sa vie sexuelle étalés dans les pages des journaux.

Au milieu du repas, James sortit le rapport financier qu'il avait étudié au cours de la matinée et posa les questions qui lui semblaient pertinentes. Charles était peut-être un imbécile en ce qui concernait les femmes, mais il avait le sens des affaires et était en mesure de le renseigner.

La bouteille d'excellent bourgogne blanc qu'ils avaient choisie était déjà vide lorsque le plat principal leur fut apporté. James n'avait pour sa part presque rien bu, car il tenait à rester dispos et efficace l'après-midi.

Il déclina le dessert, et commanda une tasse de café, tandis que Charles se délectait d'une crème brûlée.

— Délicieux ! Vous auriez dû vous laisser tenter, commenta celui-ci d'un ton gourmand, les yeux fermés de plaisir.

— Je ne prends presque jamais de dessert, surtout quand il est lourd à digérer.

— Quel puritain vous faites ! Le problème, cher ami, c'est qu'on ne vous a jamais appris à profiter de la vie. Votre lugubre vieux père a décidément eu une mauvaise influence sur vous.

James aurait pu lui rétorquer que son père, au moins, lui avait appris à se tenir à l'écart des femmes dispendieuses et frivoles, en même temps qu'à privilégier une alimentation saine afin d'éviter les gueules de bois et les troubles digestifs. Mais à quoi bon offenser Charles ?

Il consulta sa montre.

— Désolé, Charles, je dois m'en aller, annonça-t-il. J'ai un rendez-vous à 15 heures. Merci encore pour votre aide.

Sur son téléphone mobile, il appela Barny pour lui demander de venir le chercher. Puis, ayant réglé l'addition, il se leva et prit congé.

— Je crois que je vais m'attarder un peu et savourer un bon cognac, lui dit Charles en se carrant confortablement dans son fauteuil. Merci pour ce succulent repas, Jimmy. Et saluez Fiona pour moi. Elle est sexy en diable, petit veinard !

James fit un détour par les lavabos pour se laver les mains et se rafraîchir le visage. En se donnant un coup de peigne, il se regarda dans le miroir, tout en réfléchissant aux paroles que venait de prononcer Charles. Sexy, Fiona? Ce n'était certes pas le terme qu'il aurait employé pour la définir. Elle était très belle, très élégante, soit, mais sexy... Non, elle était beaucoup trop froide.

Un petit frisson courut dans son dos. Etait-ce réellement ce qu'il pensait d'elle? Non, c'était exagéré. Fiona était juste... réservée.

Pourtant, son reflet dans la glace arborait une mine contrariée.

Rapidement, il se détourna, alla chercher son manteau au vestiaire et donna un pourboire à l'employé, avant de retrouver Barny devant l'hôtel.

— Comme toujours, vous êtes ponctuel, Barny! lui dit-il avec un sourire. Nous retournons au bureau. Enid vous a-t-elle préparé un bon déjeuner aujourd'hui?

— Un ragoût de queue de bœuf et de la purée maison.

— Vous avez de la chance, j'adore ça. Et pour ce soir, qu'a-t-elle prévu?

Barny lui décocha un coup d'œil inquiet dans le rétroviseur.

— Je croyais que vous comptiez sortir ce soir, monsieur James. Nous avons pris des places pour voir une comédie musicale, mais si vous avez besoin de nous...

— Non, non! J'avais oublié. Bien sûr, je dîne dehors.

James ne voulait surtout pas gâcher la soirée de ses employés parce que la sienne avait été annulée. Il pouvait d'ailleurs fort bien aller dîner dans ce nouveau restaurant, puisque la table était réservée.

Barny poussa un soupir de soulagement.

— J'aime mieux ça! avoua-t-il. Enid meurt d'impatience de voir ce spectacle. Vous savez qu'elle adore les comédies musicales. Elle est tellement romantique!

— Oui, je sais, acquiesça James avec une soudaine chaleur. Je n'ai pas oublié tous ces dimanches après-midi où je regardais des films d'amour avec elle. Il fallait sans cesse que je lui passe des Kleenex pour s'essuyer les yeux ! J'espère que vous allez passer une bonne soirée. Pouvez-vous venir me chercher à 17 heures pour me déposer à mon club ? Ensuite, vous serez libre. Je rentrerai en taxi.

— Très bien, monsieur James.

Barny se gara devant la banque. James jeta un regard circulaire dans la rue avant de descendre. Toujours aucune trace de Patience Kirby. Tant mieux. Il n'avait aucune envie de revoir cette jeune folle. Toutefois il était quand même un peu surpris qu'elle ait renoncé si vite à la mission dont elle se croyait investie.

L'après-midi passa vite. Accaparé par son travail, James avait totalement oublié la jeune femme lorsqu'il sortit de la banque à 17 heures précises et s'installa à l'arrière de la Daimler. Alors que Barny faisait le tour de la voiture pour prendre place au volant, une petite main se glissa par la vitre ouverte du véhicule et agrippa l'épaule de James, le faisant violemment sursauter.

Comme paralysé, il ne put que fixer les immenses prunelles d'ambre qui semblaient refléter la lumière du soleil printanier.

— Monsieur Ormond, il faut que vous réfléchissiez ! s'écria Patience d'une voix suppliante. Vous pouvez sûrement prendre une heure de votre temps pour rendre visite à votre mère ! Ce n'est quand même pas trop demander ! Si vous saviez dans quel état elle se trouve, vous ne refuseriez pas. Elle est si frêle, qu'on croirait parfois qu'un souffle de vent pourrait la faire s'envoler !

— Ma parole, vous êtes obtuse ! répliqua-t-il en reprenant soudain ses esprits. En ce qui me concerne, ma mère est morte, je vous l'ai dit. Et je ne la verrai pas. Maintenant, veuillez me lâcher.

A l'intention de son chauffeur, il ajouta :

— Démarrez, Barny !

Il était furieux, en partie parce que, en voyant soudain cette fille surgir de nulle part, il avait senti son cœur bondir dans sa poitrine, et également parce que quelques employés de la banque venaient de sortir de l'établissement et observaient la scène avec une curiosité manifeste. Dès demain matin, tout le personnel serait au courant.

Depuis qu'il travaillait à la banque, James n'avait jamais fait l'objet d'un quelconque scandale, et la perspective de devenir un sujet de cancans l'horripilait.

— Comment pouvez-vous avoir le cœur aussi sec? s'exclama Patience Kirby, visiblement hors d'elle. C'est votre mère et vous refusez de lui tendre la main!

James vit Barny tressaillir à l'avant. Le chauffeur se tourna à demi pour lui renvoyer un regard choqué. Il serra les poings. Maudite soit cette fille! Quel serait son prochain coup d'éclat? Avertir les journalistes et divulguer cette histoire croustillante dans tout le pays?

— Vous feriez mieux de retirer votre main, je vais remonter la vitre, prévint-il d'un ton menaçant.

Lentement, la vitre se mit à coulisser. Patience n'ôta sa main qu'au dernier moment.

— Allez-y, Barny!

Le chauffeur obéit machinalement et commença à accélérer, juste au moment où James se rendait compte avec effarement que la vitre s'était refermée sur la manche de la jeune femme.

Horrifié, il vit le petit visage auréolé de boucles rousses collé contre la fenêtre, à quelques centimètres du sien, tandis que la voiture prenait de la vitesse.

— Barny, stop! Stop! hurla-t-il au chauffeur qui freina immédiatement.

La Daimler s'immobilisa. Sans réfléchir, James pressa le bouton qui commandait l'ouverture électrique de la vitre, ne réalisant que trop tard qu'il commettait là une erreur. La manche fut libérée et le ravissant visage disparut brusquement de sa vue. Déséquilibrée, Patience roula sur la chaussée, et sa tête heurta le bitume dans un bruit qui se répercuta en écho dans le cœur de James.

D'un bond, il jaillit hors du véhicule et, livide, s'agenouilla près de la jeune femme inerte.

A présent, un petit attroupement s'était formé devant la façade de la banque. Les gens les regardaient avec une hostilité non déguisée.

Une femme s'avança et demanda :

— Que se passe-t-il ?

Une autre haussa les épaules :

— Ce type vient de renverser cette fille.

— Oh, la pauvre ! On dirait qu'elle est morte...

Barny, qui était lui aussi descendu de la Daimler, s'approcha de son patron.

— Comment va-t-elle, monsieur ? s'enquit-il.

Le ton, aussi désapprobateur que celui de Mlle Roper tout à l'heure, n'échappa pas à James. Que lui arrivait-il, bon sang ? Pourquoi tout son entourage semblait-il tout à coup le considérer comme un monstre ?

Pourtant il avait l'impression diffuse que, s'il s'était regardé dans la glace en cet instant précis, il aurait lu la même expression d'aversion sur ses propres traits.

Péniblement, Patience Kirby, tremblante, se redressa sur un coude.

— Ça va ? Ne bougez surtout pas, nous allons appeler une ambulance, lui dit James.

Elle porta la main à sa tête et, quand elle la retira, il vit du sang sur ses doigts fins.

— Vous saignez ! Barny, appelez tout de suite les secours ! ordonna-t-il, gagné par l'affolement.

Agrippée au bras de James, Patience Kirby se remit hâtivement sur pieds.

— Non, non ! protesta-t-elle. Je ne veux pas aller à l'hôpital. Je ne vais pas passer des heures aux urgences pour quelques hématomes et une simple coupure !

— Qu'en savez-vous ? Vous avez peut-être une fracture.

La jeune femme fléchit doucement ses chevilles fines, puis fit quelques pas avec précaution.

— Non, vous voyez, je peux marcher. Je n'ai rien de cassé, assura-t-elle.

— Mais votre tête ? Vous avez heurté le bitume, j'ai entendu le bruit.

— Bah, j'ai le crâne solide!

En dépit de son air bravache, James ne la trouvait guère vaillante.

A cet instant, un homme se détacha de la foule et s'approcha d'eux.

— Est-ce qu'elle essayait de voler quelque chose dans la voiture? lui demanda-t-il. Je l'ai vue passer la main par la vitre. De nos jours, on trouve partout ces filles qui chapardent à la moindre occasion, même dans les quartiers corrects. Ne vous laissez pas faire, m'sieur. Elle simule sans doute pour mieux vous faire chanter. J'ai tout vu, et je témoignerai en votre faveur si vous appelez la police...

James décocha une œillade meurtrière à l'homme qui recula aussitôt et s'éloigna en marmonnant :

— Oh, si vous tenez tant que ça à être pris pour un imbécile, c'est votre affaire, après tout!

James reporta son attention sur Patience.

— Vous devez passer une radio, lui conseilla-t-il.

— Je déteste les hôpitaux.

— Soyez raisonnable, je...

— C'est non, compris? coupa-t-elle, avant de se radoucir. Ecoutez, si je ne me sens pas bien demain, j'irai aux urgences, promis. Mais n'en faites pas toute une histoire, on dirait mon grand-père!

La comparaison ne plut guère à James, qui pinça les lèvres.

— Montez dans la voiture, lui intima-t-il. Je vais vous raccompagner chez vous.

La foule commença à se disperser en constatant que l'incident était clos. Une étincelle malicieuse s'alluma soudain dans les yeux de Patience Kirby.

— Attention, je pourrais vous faire les poches si vous me laissez vous approcher de trop près!

— Très drôle, mademoiselle Kirby! Veuillez monter dans la voiture, je vous prie.

Elle obtempéra en silence, sans cesser de le regarder, et trébucha sur le trottoir. Elle aurait basculé contre la portière si James ne l'avait retenue au dernier moment. Alors, d'un mouvement décidé, il lui passa un bras autour de la taille, l'autre sous les genoux, et la souleva pour la déposer sur la banquette arrière.

Ce faisant, il sentit la caresse de ses cheveux sur sa joue et les palpitations de son cœur contre sa poitrine, tandis qu'un léger parfum fleuri lui chatouillait les narines. Elle était si mince qu'on eût pu la prendre pour un garçon, sans le doux renflement de ses seins sous la veste entrouverte et l'arrondi de ses hanches moulées par la minijupe. En réalité, il émanait d'elle une féminité intense qui le frappa pour la seconde fois en quelques heures. Mais la regarder était une chose, et la tenir entre ses bras une autre : son contact le bouleversa sans qu'il comprenne pourquoi. Son irritation resurgit. Décidément, cette entêtée avait l'art d'obtenir ce qu'elle voulait ! Il était résolu à ignorer sa requête, et voilà qu'il se trouvait maintenant dans l'obligation de la raccompagner chez elle.

Et le pire, c'était qu'au fond, cela ne le gênait pas tellement !

Non qu'il se sentît attiré par cette gamine maigrichonne. Mon Dieu, non ! Simplement...

Il s'efforçait de trouver une explication rationnelle à son comportement, mais, à cet instant, elle posa sa tête contre son épaule dans un geste confiant qui le priva instantanément de toute faculté de raisonnement.

Un peu fébrile, il l'installa sur la banquette de cuir, puis s'assit à côté d'elle en tâchant de masquer au mieux son agitation. Sapristi, que lui arrivait-il ?

Avec brutalité, il claqua la portière.

— Où habitez-vous ? demanda-t-il sans la regarder.

— Muswell Hill, sur Cheney Road. La pension s'appelle Les Cèdres.

James se sentit intrigué. « Les Cèdres », cela sonnait avec une certaine élégance incongrue qui ne correspondait pas du tout à cette fille. De quelle famille était-elle donc issue ? A quoi ressemblait sa maison ? songea-t-il avec curiosité. Mais il ne le saurait jamais, puisqu'il n'était pas question qu'il tombe dans le piège et pénètre chez elle. Il la déposerait devant la pension et s'en irait aussitôt.

— Vous avez entendu, Barny? demanda-t-il au chauffeur.

Celui-ci acquiesça et prit la direction de Muswell Hill. James se pencha et ouvrit le petit espace de rangement encastré dans le dossier du siège avant. Il contenait, entre autres objets, une trousse de soins d'urgence. James saisit une boîte de mouchoirs en papier, une bouteille de désinfectant et quelques pansements.

— Montrez-moi votre visage, mademoiselle Kirby.

— Patience, corrigea-t-elle.

— C'est un prénom plutôt démodé.

— C'était celui de ma tante. Elle était très riche, et mes parents espéraient me voir hériter de sa fortune s'ils me prénommaient comme elle.

— Et alors? Ça a marché?

— Non, elle a légué tout son argent à un foyer pour chats. Dans son testament, elle expliquait qu'elle avait toujours détesté son prénom et qu'elle me plaignait beaucoup d'en avoir été affublée; elle précisait aussi que l'argent ne faisait pas le bonheur et que je me débrouillerais très bien sans le sien.

James ne put s'empêcher de rire.

— Votre tante était un personnage! commenta-t-il. Avait-elle raison?

— A quel propos?

— En affirmant que vous vous débrouilleriez très bien sans son argent?

La mine indéchiffrable, la jeune femme haussa les épaules.

En silence, James entreprit de nettoyer la coupure de son front. L'estafilade était longue, mais heureusement peu profonde. Il la désinfecta avant d'appliquer un pansement, très conscient des grands yeux frangés de cils dorés qui ne le quittaient pas. Pourquoi diable le fixait-elle ainsi? C'était agaçant.

— Vous avez mal à la tête? demanda-t-il d'un ton brusque.

— Non, pas du tout.

— Combien de doigts voyez-vous? s'enquit-il en levant la main devant elle.

— Trois, évidemment.

Ses pupilles n'étaient ni dilatées, ni rétractées. Elle lui sourit, et ses lèvres roses s'incurvèrent en un pli particulièrement attendrissant. Atterré, il se sentit rougir. Et son sens inné de l'honnêteté le poussa à admettre la raison de son trouble : il avait une envie folle, irrésistible, de l'embrasser. En fait, cette seule pensée suffisait à lui donner le vertige.

A moins qu'il ne couve un mauvais virus? Certains employés de la banque avaient contracté la grippe. Oui, c'était sûrement ça. Pourquoi aurait-il voulu embrasser cette fille exaspérante? Ce n'était même pas une beauté.

« De toute façon, elle est trop jeune pour toi, murmura une petite voix dans sa tête. Regarde-la! On lui donnerait à peine quinze ans! »

Bon, il ne fallait pas exagérer. Ce n'était pas une adolescente. Elle devait bien avoir une vingtaine d'années.

La jeune femme baissa enfin les yeux, et il vit ses cils battre à plusieurs reprises. Pourvu qu'elle n'ait pas deviné ce qu'il avait en tête! Il ne fallait pas qu'elle se trompe sur ses intentions, car il n'en avait aucune la concernant.

Peu après, Barny bifurqua à une intersection.

— Nous sommes sur Cheney Road, annonça-t-il. Où est la maison, mademoiselle?

Tout comme James, Barny considérait avec perplexité les hautes demeures de style victorien nichées au cœur de vastes jardins plantés de haies et de massifs. Le paysage correspondait certainement à ce qu'évoquait le nom « Les Cèdres », mais pas du tout à la fille!

— Continuez de rouler, je vous indiquerai quand il faudra vous arrêter, déclara Patience.

Barny roula docilement au pas jusqu'à ce qu'elle s'écrie :

— C'est ici!

La voiture s'immobilisa devant une maison de trois étages au toit rose à pignons, avec des cheminées de brique rouge torsadées, et des fenêtres à treillis garnies de rideaux de chintz. Les volets peints dans un vert pimpant conféraient à la demeure une allure de cottage typique du siècle dernier.

Un grand jardin la séparait de la rue. La pelouse était parsemée de marguerites, de jonquilles et de crocus violets.

Pour la première fois, James se fit la réflexion que le printemps était vraiment installé. Son propre jardin, si méticuleusement entretenu, ne possédait pas cette ambiance coquette et charmante.

— Et les cèdres ? Que leur est-il arrivé ? demanda-t-il avec une ironie délibérée.

— Il y en a un sur l'arrière de la maison. Ils étaient deux lors de la construction, mais le second a été déraciné par une tempête il y a des années. Et auriez-vous l'obligeance d'oublier vos sarcasmes ?

Comme elle lui jetait un regard de défi, il préféra s'adresser à son chauffeur :

— Barny, déposez-nous devant le perron.

La voiture franchit le portail vert et s'avança lentement vers le porche surmonté d'une petite marquise.

James descendit de voiture et se tourna pour aider Patience à sortir à son tour.

— Voilà, vous y êtes, déclara-t-il. Au revoir, et que je n'entende plus parler de vous !

Elle se glissa hors du véhicule, lui marcha sur le pied. Sans doute volontairement, songea-t-il, mais à quoi bon faire une remarque ? Avec un soupir, James se contenta de la rattraper par le bras pour l'empêcher de tomber, et, tant qu'il y était, la souleva carrément et la porta vers le porche.

Patience ne protesta pas. Elle devait commencer à se trouver très bien dans ses bras. Il faudrait qu'il surveille ça. Cette fille était aussi sournoise qu'une belle plante parasite. S'il n'y prenait garde, elle s'enroulerait autour de lui jusqu'à l'étouffer !

— Je vous préviens que c'est le dernier effort que je fais

pour vous, lui déclara-t-il tout de go. Je vous dépose sur le perron mais je n'entre pas.

Il s'attendait à des protestations qui ne vinrent pas, ce qui, en soi, était suspect. Enfin, il allait la laisser sur le seuil, tourner les talons et se laver les mains de toute cette histoire.

Patience tendit le cou par-dessus son épaule pour adresser un sourire au chauffeur resté dans la voiture.

— Merci, Barny ! lui lança-t-elle.

— Comment savez-vous qu'il s'appelle Barny ? demanda aussitôt James d'un ton suspicieux.

— Vous n'avez pas arrêté de l'appeler ainsi tout au long du chemin. Vous êtes vraiment bizarre, ajouta-t-elle avec un nouveau sourire, plein d'indulgence cette fois.

James sentit sa gorge se nouer de manière très contrariante. Vivement, il la remit sur pieds.

— Au revoir, mademoiselle Kirby. Et ne tentez pas de reparaître à mon bureau, j'ai fait renforcer les mesures de sécurité. La prochaine fois, vous ne passerez pas.

— Oh, je parie que si, si jamais je m'en donnais la peine !

Son regard doré pétillait de malice. Et elle avait sûrement raison, la petite peste ! Après tout, ses vigiles étaient des êtres humains.

— Ne tentez pas votre chance, riposta-t-il. Je détesterais vous envoyer derrière les barreaux.

— Cela vous ferait plaisir, au contraire ! Les hommes adorent exercer leur pouvoir. C'est leur distraction préférée !

James ne mordit pas à l'hameçon et fit volte-face. Mais, au moment où il descendait les marches de bois craquantes, la porte s'ouvrit à la volée dans son dos, et une cohue aussi bruyante qu'hétéroclite jaillit de l'intérieur de la maison.

En un instant, il se trouva cerné par une meute de chiens qui aboyaient leur bienvenue tout en frétillant frénétiquement de la queue, par une demi-douzaine de gamins braillards vêtus de vieux jeans et de pulls, par deux vieilles dames en tabliers à fleurs, et un vieillard en bleu de travail et en bottes boueuses.

James savait qu'il aurait dû fuir sans demander son reste,

pourtant il demeura pétrifié. L'une de ces vieilles dames était-elle sa mère ? Il ne repérait aucune ressemblance physique, mais après tout, vingt-cinq années s'étaient écoulées. Toutefois, ces deux femmes semblaient robustes et alertes en dépit de leur âge, et elles ne correspondaient pas du tout à la description que Patience lui avait tracée de sa mère.

L'un des enfants sanglotait sans retenue.

— Il a pris notre chien et il veut le noyer ! s'exclama-t-il. Oh, Patience ! Dis-lui de nous le rendre !

Patience était occupée à caresser les chiens qui la gratifiaient en retour d'abondants coups de langue.

— Quel chien ? demanda-t-elle au garçonnet qui semblait le plus âgé du lot et dont la tignasse rousse et les prunelles noisette parurent familières à James.

Le vieil homme en bleu de travail s'approcha en bougonnant :

— Ils ont trouvé ce chiot et l'ont ramené à la maison. Comme s'il n'y avait pas suffisamment de chiens ici !

— C'est moi qui l'ai trouvé ! répliqua avec véhémence le plus petit des garçons. Je l'ai ramené dans mon vaisseau spatial !

— Ton vaisseau spatial ? répéta Patience.

— Elle veut dire « sa brouette », précisa le vieil homme.

Surpris, James baissa les yeux sur l'enfant. Elle ? C'était donc une fille ?

Patience esquissa un sourire.

— Où l'as-tu ramassé, Emmy ? demanda-t-elle. Il doit bien appartenir à quelqu'un. Son propriétaire va s'inquiéter s'il ne le retrouve pas.

— Aucun risque ! marmonna le vieil homme. Ses maîtres ne sont pas fous, ils ont sauté sur l'occasion de s'en débarrasser.

— C'est la dame de Wayside House qui me l'a donné ! s'écria la petite Emmy. Et il m'aime bien ! Il m'a léché les joues et il a sauté dans mon vaisseau spatial. Mais Joe veut le noyer. Je t'en prie, Patience, ne le laisse pas faire !

Emmy se remit à pleurer, les larmes jaillirent de ses grands yeux et roulèrent sur ses joues sales.

— Cette maison est envahie d'animaux ! Cela ne peut pas continuer ainsi ! protesta Joe.

— Je te déteste ! Je te déteste ! sanglota Emmy en décochant un coup de pied dans la cheville du vieil homme.

Celui-ci fit un bond en arrière.

— Veux-tu bien arrêter ! s'écria-t-il.

Comme mus par un signal, tous les enfants se mirent à criailler et à s'agiter en même temps. D'une voix claire et ferme, Patience rétablit instantanément le calme dans les rangs de la petite troupe.

— Ça suffit ! dit-elle. Ne soyez pas méchants ! Et toi, Emmy, tu sais bien qu'il ne faut pas donner de coups de pied.

Le plus grand des garçons intervint :

— De toute façon, ça ne le regarde pas !

Ce n'était plus un enfant, mais pas encore un homme. Sa voix furibonde le rendait curieusement touchant.

Debout devant le perron, James observait tout ce petit monde et se demandait si ces enfants étaient tous apparentés. Les trois qui avaient les cheveux roux étaient certainement de la famille de Patience. Les trois autres devaient être des camarades d'école.

Barny descendit de la Daimler et s'approcha de son patron.

— Puis-je vous raccompagner, monsieur James ? Enid m'attend, et je ne voudrais pas que nous soyons en retard au théâtre.

Patience se tourna vers James, imitée par les enfants, les deux vieilles dames et le vieux Joe. Dans un silence chargé de curiosité, ils dévisagèrent le visiteur.

— C'est lui ? chuchota l'un des enfants à Patience, qui acquiesça de la tête en posant un doigt sur ses lèvres.

James tenta de se reprendre. Il devait partir. De toute évidence, ces gens étaient fous. Il n'avait jamais connu un tel désordre auparavant. Sa vie avait toujours été si nette et ordonnée : un monde de couleurs douces et de réserve de bon aloi.

Et cependant, il ne pouvait s'empêcher d'être fasciné par cet univers brouillon qu'il découvrait. Finalement, la curiosité l'emporta sur la raison.

— Rentrez, Barny. Je prendrai un taxi.

— Bien, monsieur.

Curieusement, Barny souriait d'un air entendu. Il devait s'imaginer d'inavouables arrière-pensées, et James, furieux, sentit une brusque chaleur envahir ses joues.

Barny regagna la Daimler qui ne tarda pas à s'éloigner sur la route. A cet instant, James éprouva l'envie subite de lui courir après, mais une petite main poisseuse s'agrippa soudain à ses doigts.

Il baissa les yeux et croisa le regard noisette de la petite Emmy.

— Viens voir mon chiot. Tu aimes les chiots ?

— Ne l'encouragez pas, intervint le vieux Joe. Ce chiot n'est même pas propre, il fait pipi partout et a déjà déchiqueté un chausson de Mme Green.

— Oh, ne vous en faites donc pas pour cette vieille pantoufle ! répliqua la vieille dame aux cheveux blancs dont les yeux étaient exactement du même bleu que son tablier. Je vais lui apprendre la propreté, à ce mignon. Et puis, quand il sera grand, il chassera les rats dans la cave.

— Voilà, c'est ça ! Continuez de saper mon autorité ! marmonna le vieux d'un air offusqué.

— Quelle autorité ? riposta Mme Green avec malice. Finalement, ces enfants ont raison, Joe. Vous méritez un bon coup de pied !

— Lavinia ! l'interrompit Patience. Voyons, ne pourrions-nous pas faire cesser ces chamailleries ? Bon, Emmy, emmène M. Ormond voir le chiot si tu veux, mais le dîner sera bientôt servi, alors ne soyez pas trop longs. Et n'oublie pas de te laver les mains avant de passer à table.

Emmy leva sur James un regard confiant.

— Patience est très têtue, chuchota-t-elle sur le ton de la confidence.

— Oui, j'ai remarqué ! répondit-il.

Le chiot ne l'intéressait pas particulièrement, mais il avait déjà compris que, bon gré mal gré, il devrait aller l'admirer. Ces gamins avaient hérité de leur sœur. Comme elle, ils écrasaient tout sur leur passage, tels des rouleaux compresseurs !

3.

Après avoir dûment admiré le chiot aux grosses pattes boueuses, libéré de l'abri de jardin dans lequel le vieux Joe l'avait enfermé, James suivit Emmy qui semblait s'être approprié le visiteur, et tenait à lui montrer chaque recoin du jardin qu'elle considérait comme digne d'intérêt.

Le chiot sur les talons, James s'extasia donc docilement sur le parterre de jonquilles, le nid de mésanges perché sur une branche d'épicéa, et surtout le fameux cèdre dans lequel le plus âgé des enfants, Toby, était grimpé pour les observer, ses jambes maigres pendant le long du tronc. Ensuite, Emmy montra à James les divers buissons creusés de petites caches secrètes qu'elle avait baptisées « cavernes ».

— Nous en avons chacun une. Celle-ci, c'est la mienne, déclara-t-elle fièrement en écartant quelques branches pour découvrir une petite tanière. Je ne laisse personne y entrer, mais... toi, monsieur, tu peux.

— Impossible, je suis trop grand.

James aurait adoré posséder une telle cachette quand il était petit. Mais les jardiniers de son père n'auraient jamais toléré qu'il creuse des « cavernes » dans les élégants massifs qui ornaient le gazon. Et, de toute façon, on ne l'autorisait à se promener dans le parc qu'accompagné, afin d'éviter d'éventuels dégâts.

— Ne sois pas triste, monsieur, fit Emmy en lui tapotant la main. Ce n'est pas grave. Thomas te laissera jouer dans sa caverne. Hein, Thomas ?

A présent, James avait identifié les deux frères Kirby. Thomas devait avoir dix ans, Toby quatorze. James n'avait pas osé poser de questions sur leurs parents. Comme personne n'y faisait allusion, il supposait que ceux-ci devaient être décédés. En fait, les enfants ne parlaient que de Patience.

— Ouais, bien sûr! acquiesça Thomas en repoussant quelques branches pour découvrir l'entrée de sa caverne, qui renfermait une vieille souche recouverte de feuilles. Vous voyez, il y a même une table. Remarquez, cela peut servir de chaise, si vous préférez.

Sous le regard insistant des enfants, James se sentit obligé de se glisser dans l'espace confiné.

— Vous pouvez vous asseoir, proposa généreusement Thomas.

James se contorsionna pour prendre place sur la souche en repliant ses longues jambes. Thomas le rejoignit, et lorsqu'il laissa retomber le rideau de branches, ils se retrouvèrent dans une pénombre verdâtre, quelques rayons de soleil filtrant à travers le feuillage.

— C'est super, hein? fit Thomas d'un air réjoui.

— Féerique, renchérit James en regrettant de ne pouvoir trouver un mot plus approprié dans son vocabulaire.

Il n'avait aucune expérience des enfants, mais il supposait que ce devait être bien triste pour ces petits de se retrouver orphelins si jeunes. Heureusement qu'ils avaient une sœur plus âgée.

Malgré lui, les commissures de ses lèvres se relevèrent en une grimace amère. « Allons, sois honnête, lui susurra une petite voix, ces gamins ont une existence bien plus heureuse que celle que tu as menée enfant. » Son père n'était pas désagréable envers lui, mais il était rarement présent. S'il avait eu le choix, James aurait sans hésiter échangé sa place contre celle des petits Kirby. Manifestement, ceux-ci menaient une existence joyeuse et pleine d'affection, grâce à leur aînée.

— Quel âge a Patience? demanda-t-il à Thomas.

— Elle aura vingt-trois ans la semaine prochaine. Et vous ?

— Je suis beaucoup plus vieux, admit-il avec une nouvelle grimace.

— Vous avez des enfants ?

— Non.

Il n'en avait jamais éprouvé le désir. Et tout à coup, il se demanda si sa vie aurait été plus riche et chaleureuse dans le cas contraire.

— Vous êtes marié ? s'enquit encore Thomas, qui enchaînait les questions avec une curiosité éhontée.

— Non.

— Vous avez bien une petite amie ?

— Peut-être. Pas toi ?

— Peut-être ! répondit Thomas en riant.

Ce garçon lui était sympathique. James lui adressa un sourire sincère. Soudain tous deux sursautèrent comme une voix sonore s'élevait de quelque part dans la maison :

— A table tout le monde ! Et ramenez M. Ormond, à moins que vous ne l'ayez perdu dans le jardin !

— C'est Patience, expliqua Thomas.

— Je l'avais reconnue...

Ainsi, elle avait vingt-trois ans. Il aurait juré qu'elle était plus jeune que ça. Elle avait une peau si veloutée, un regard si direct... Et aucune de ces attitudes sophistiquées qui s'acquièrent avec la maturité. Quant à ses manières, elles laissaient franchement à désirer si l'on considérait la façon dont elle avait déboulé dans son bureau pour lui imposer sa présence.

— Il y a un grand écart d'âge entre Patience et Toby, fit-il remarquer en levant les yeux vers Thomas.

— Nous n'avons pas la même mère ! s'exclama le garçon, comme si c'était l'évidence même. La maman de Patience est morte en la mettant au monde, puis papa s'est remarié avec maman, et nous sommes nés.

— Oh... Alors elle n'est pas...

— Mais c'est notre sœur tout de même ! coupa Thomas

avec indignation, avant même que James ait pu terminer sa phrase. Elle n'avait que cinq ans quand papa s'est remarié, et elle aimait beaucoup maman. Elle nous l'a souvent dit. Elle voulait une maman, comme tout le monde, et quand nous sommes nés, nous sommes devenus une vraie famille. C'est ce qu'elle dit.

— Oui, bien sûr, acquiesça James, presque honteux.

Les branchages s'écartèrent pour laisser apparaître la frimousse d'Emmy.

— On ferait mieux d'y aller. Elle va se mettre en rogne si nous sommes en retard pour le dîner, les avertit-elle.

Heureux d'échapper au regard accusateur de Thomas, James se déplia et sortit de la caverne courbé en deux.

Ainsi, Patience était leur demi-sœur. Manifestement, les enfants l'adoraient et elle les comprenait. Rien d'étonnant à cela, puisqu'elle était elle-même à peine sortie de l'adolescence. Vingt-trois ans, c'était très jeune.

Lui-même se souvenait de ses vingt ans... sans grand plaisir.

Quoi qu'il en soit, il ne comptait certes pas rester dîner. Il allait appeler un taxi et se réfugier tout droit dans la tranquillité de son calme logis.

Pourtant, cette perspective ne l'attirait pas. Barny et Enid seraient sortis, il devrait se préparer un en-cas, finirait sans doute par avaler un sandwich au fromage et passerait la fin de la soirée seul dans la grande demeure silencieuse.

Bien entendu, il avait toujours le loisir d'aller à son club, ou de dîner au restaurant. Néanmoins, ces solutions non plus ne soulevaient guère d'enthousiasme chez lui. Mon Dieu, sa vie avait-elle toujours été aussi vide et solitaire? Ou était-il déprimé pour une obscure raison?

Guidé par les enfants Kirby, il suivit le sentier sinueux qui traversait le jardin. Emmy en tête, ils entrèrent dans la cuisine.

C'était une pièce immense, très haute de plafond, peinte en jaune et meublée de placards verts. Une pièce chaude et confortable dans laquelle flottait une délicieuse odeur de légumes et d'herbes aromatiques. D'une marmite posée sur la vieille cuisinière s'échappait un filet de vapeur. Patience, debout devant la table, était en train de râper du fromage, très concentrée sur sa tâche.

— Lavez-vous les mains, ordonna-t-elle aux enfants. Et dépêchez-vous, c'est presque prêt.

Elle saisit la queue d'une casserole et en vida le contenu dans une passoire. James sentit l'eau lui venir à la bouche. Des spaghettis ! Il adorait les pâtes.

Comme Patience soulevait le couvercle de la marmite, il entrevit des tomates, des champignons, des poivrons jaunes, rouges et verts en train de mijoter, tandis qu'un fort parfum d'ail, de ciboulette, d'oignon et de basilic venait agréablement lui chatouiller les narines.

— Vous êtes-vous lavé les mains ? lui demanda Patience en le regardant droit dans les yeux.

Le ton sévère laissait supposer qu'il n'était pas plus âgé que les enfants. James ouvrit la bouche, pour la refermer aussitôt. Il avait failli lui dire qu'il ne comptait pas manger ici, mais il avait si faim qu'il se sentait incapable de paraître crédible à ses yeux.

— Viens, monsieur, lui enjoignit Emmy en l'entraînant à sa suite. Si tout le monde n'est pas à table quand elle apporte à manger, elle se met à crier.

Ils se lavèrent les mains dans la petite pièce adjacente, puis Emmy conduisit James le long d'un couloir, jusque dans une immense salle à manger pleine de monde où le couvert avait été dressé sur une longue table.

James eut l'impression d'être frappé par la foudre. Il n'avait aucune envie de rencontrer autant d'inconnus en un seul soir !

Horriblement mal à l'aise, il s'inclina légèrement et, d'une voix qui sonna avec emphase, déclara à la cantonade :

— Bonsoir, comment allez-vous ? Je suis James Ormond.

Il y eut un murmure général. Certains articulèrent : « Bonsoir ». Avidement, James dévisageait les personnes présentes. L'une de ces femmes était-elle sa mère ? Il ne reconnaissait aucune des vieilles dames qui le saluaient avec cordialité et parmi lesquelles se trouvait Lavinia Green.

Emmy tira une chaise à l'intention du visiteur, juste au moment où Patience faisait son entrée, poussant une table roulante surchargée d'assiettes pleines de spaghettis en sauce. Toby et quelques vieilles dames aidèrent la jeune femme à servir les convives. Puis Patience se plaça derrière sa propre chaise.

— Qui doit réciter le bénédicité ce soir ? demanda-t-elle, avant de se tourner vers sa jeune sœur : Emmy ?

— Oui, c'est mon tour. Seigneur, bénissez ce repas.., débita Emmy à toute allure.

— Amen ! répondirent les autres en chœur.

Patience déposa une assiette devant James.

— Servez-vous en fromage et en pain, lui dit-elle.

James ne discuta pas. Les spaghettis sentaient divinement bon ! Il saisit une tranche de pain dans la grande corbeille d'osier placée au milieu de la table, saupoudra ses pâtes de parmesan râpé, puis saisit ses couverts. Il avait l'habitude de manger italien et, avec aisance, se mit à enrouler les spaghettis autour de sa fourchette sous l'œil admiratif d'Emmy.

— Mince ! Comment tu fais ça ? Les miens tombent tout le temps ! s'exclama la gamine.

Tous les regards convergèrent sur James qui, une fois de plus, se sentit rougir.

— Eh bien, il faut procéder ainsi, expliqua-t-il en joignant le geste à la parole. Voilà, essaie, ce n'est pas compliqué.

Emmy l'imita laborieusement, le bout de sa langue rose pointant entre ses lèvres. Très fière, elle porta la fourchette à sa bouche, et les spaghettis retombèrent dans l'assiette. Tout le monde éclata de rire.

Comme tous les enfants, Emmy était sensible à la moquerie. La voyant se renfrogner, James se pencha vers elle.

— C'est un truc très glissant, lui chuchota-t-il à l'oreille.

Le silence envahit la salle tandis que les convives dégustaient leur repas.

James savourait chaque bouchée. Même Enid ne réussissait pas les pâtes comme Patience ! Les mets les plus simples avaient besoin d'être cuits à la perfection, et ces spaghettis étaient irréprochables. Patience était un vrai cordon-bleu !

— Un peu de vin ? lui proposa-t-elle en lui tendant un pichet.

— Euh... volontiers, merci.

Il jeta un coup d'œil méfiant au liquide violet. Il s'agissait certainement d'une infâme piquette, mais il n'y avait rien d'autre, hormis l'eau plate que buvaient les enfants.

Prudent, il goûta une petite gorgée, fit rouler sa langue dans sa bouche avant de déglutir. La saveur le surprit plutôt agréablement. C'était un vin jeune, mais d'une qualité correcte, et dont le goût corsé s'accommodait parfaitement à la nourriture rustique. Il but une seconde gorgée. Oui, c'était agréable. Le genre de vin qu'on lui avait servi lorsqu'il avait visité la campagne italienne un été. Durant son séjour, il avait souvent déjeuné à la terrasse des trattorias, avec un verre de vin régional pour accompagner ses pâtes. Un souvenir heureux.

Avec un soupir de contentement, il acheva son repas. Aussitôt, l'assiette vide fut débarrassée, la table nettoyée. Le repas était-il terminé ?

Comme il jetait un coup d'œil à Patience, elle parut lire dans ses pensées.

— En dessert, il y a de la crème anglaise et des prunes au sirop, déclara-t-elle. Des prunes du jardin, bien sûr. J'ai fait les conserves l'automne dernier. Elles ne sont pas très grosses, mais très parfumées. Nous essayons de profiter au maximum du potager et des arbres fruitiers.

— Oui, j'ai vu le potager tout à l'heure, en visitant le jardin.

Constatant que les autres convives, accaparés par leurs propres conversations, ne les écoutaient pas, il ajouta de but en blanc :

— Alors, quand vais-je rencontrer... Où est... ?

— ... votre mère ?

Il hocha la tête, espérant qu'elle allait comprendre sa gêne et baisser la voix. Il ne voulait pas que toute la tablée dresse l'oreille, même si manifestement personne ici, y compris les enfants, n'ignorait qui il était.

— Elle est à l'étage, répondit doucement Patience. Elle a gardé le lit aujourd'hui, elle ne se sentait pas très bien. Quand elle va mieux, elle descend nous rejoindre quelques heures. Je l'y encourage vivement, car c'est plutôt déprimant de rester confinée seule là-haut. Je crois qu'elle a vraiment besoin de compagnie, cela lui donne de l'entrain. Malheureusement, elle ne s'en sentait pas capable aujourd'hui. Elle savait que j'allais essayer de vous joindre, et cela l'a bouleversée. Je vous conduirai jusqu'à sa chambre tout à l'heure.

James n'avait aucune hâte de voir sa mère. Il détourna les yeux, assailli par une brusque colère, redoutant de se couvrir de ridicule s'il perdait son sang-froid, ou, pire, s'il se mettait à pleurer. Très tôt, on lui avait appris à dissimuler ses émotions, à les emprisonner en lui. L'idée de craquer en public représentait un véritable cauchemar pour lui. Il ne pouvait s'exposer à une telle honte, surtout devant cette fille au regard direct. Elle risquait d'avoir pitié de lui !

A cette seule idée, un frisson le parcourut.

Plusieurs vieilles dames achevaient de débarrasser la table. L'une d'elles revint de la cuisine avec une grande jatte pleine de prunes baignant dans un sirop onctueux, certainement aussi riche en calories que la crème anglaise qui l'accompagnait. D'ordinaire, quand James mangeait un fruit, il le choisissait frais, et d'un faible apport calorique.

Les enfants faisaient le tour de la table afin de disposer de petites assiettes devant chacun. James ouvrait la bouche pour leur dire qu'il s'en tiendrait là quand Thomas plaça d'autorité une assiette sous son nez. Quelques secondes plus tard, la jatte de prunes était à son côté.

— Servez-vous, lui dit Patience.

— Merci, mais je...

— Goûtez, elles sont délicieuses.

Comment refuser sans paraître impoli ? Les nerfs à fleur de peau, il prit quelques prunes, y ajouta une cuillerée à soupe de crème. Le tout lui parut horriblement suave et écœurant.

— Parfois, on a de la glace, mais aujourd'hui, ce n'est pas le jour, lui confia Emmy en se penchant vers lui.

— Dommage. J'adore la glace.

— Moi aussi ! soupira-t-elle.

James sentit une émotion bizarre s'éveiller en lui, un sentiment qu'il n'avait jamais éprouvé auparavant, mélange d'attendrissement et de chaleur, comme s'il se trouvait en présence de sa propre fille. Absurde ! C'était sans doute la dernière fois qu'il voyait cette enfant.

Cette idée le contraria, sans qu'il comprenne pourquoi. Il ne la connaissait que depuis quelques heures, mais pressentait confusément qu'elle allait lui manquer.

Comme il l'observait à la dérobée, il la vit faire rouler les fruits dans son assiette sans avaler une seule bouchée.

— Tu n'aimes pas les prunes ? lui chuchota-t-il.

Après avoir jeté un coup d'œil en direction de Patience qui parlait avec Toby, Emmy esquissa une petite moue.

— C'est toujours meilleur que les pruneaux, rétorqua-t-elle.

— Pas beaucoup.

Le voyant plisser son nez, Emmy pouffa dans sa main.

— Non, c'est pas très bon, hein ? Mais Patience exige que nous goûtions à chaque plat. Tu peux avoir les miennes, proposa-t-elle précipitamment en voyant que James mâchonnait sa dernière prune.

En martyr, James termina l'assiette de la petite fille sans piper mot. Il aurait fait bien pire pour recevoir un sourire reconnaissant de la part d'Emmy. De l'autre côté de la table, Thomas et Toby lui adressèrent un clin d'œil. Il le leur rendit, et vit aussitôt Patience se tourner vers lui, la mine soupçonneuse.

— Qu'est-ce que vous mijotez, tous les trois ?

— Je vous demande pardon ? répondit James avec hauteur.

— Mmm... Ne pensez pas m'abuser. Bon, nous allons prendre le café à l'étage, poursuivit-elle en se levant. Les garçons, faites vos devoirs. Emmy, tu as révisé ta dictée?

Emmy hocha la tête.

— Toby, fais-la réciter ses mots. Ensuite, une demi-heure de télévision, puis vous vous lavez les mains, et tout le monde au lit! J'irai vous dire bonsoir tout à l'heure.

James suivit la jeune femme hors de la salle à manger, jusque dans la cuisine où Lavinia préparait le café. Cette dernière les accueillit d'un sourire affable.

— Alors, avez-vous apprécié le repas? s'enquit-elle auprès de James.

— Oui, merci beaucoup, Lavinia.

Patience lui jeta un regard surpris, tout en disposant sur un plateau trois tasses, des soucoupes, des petites cuillères, un sucrier plein de morceaux de sucre roux, et un petit pot de crème.

— Laissez, je vais le porter, proposa James quand elle eut fini.

— Merci, il est plutôt lourd.

Elle le précéda hors de la cuisine, puis s'engagea dans un escalier de chêne bien ciré débouchant sur un palier d'où partaient plusieurs couloirs. Ils passèrent devant une rangée de portes fermées, gravirent une autre volée de marches, et accédèrent à l'étage supérieur. James était impressionné par la taille de la demeure.

— Combien d'hôtes logez-vous ici? demanda-t-il.

— Pour le moment, quatre messieurs et trois dames. S'ils étaient plus nombreux, certains seraient obligés de partager leur chambre, et je n'aime pas cette idée. L'intimité est une notion très importante pour les personnes de tout âge, mais plus encore pour celles qui n'ont plus de foyer. Elles ne possèdent pas grand-chose d'autre, pas de famille, souvent pas d'amis...

James fut secoué d'un frisson. Le discours de Patience lui rappelait de sombres réminiscences. Il savait ce que c'était que de n'avoir rien ni personne. Après le départ de sa mère, il s'était senti abandonné de tous, seul et désœuvré dans sa grande maison si luxueuse. Son père n'était jamais là, il n'avait ni frère ni sœur, pas d'amis, seulement quelques domestiques pour lui tenir compagnie. Pour un enfant, c'était déjà pénible, alors pour un vieillard...

Sa mère était-elle consciente de l'ironie de la situation? D'après son père, on finissait toujours par récolter le fruit de ses actions, bonnes ou mauvaises...

Patience bavardait toujours, mais elle l'observait du coin de l'œil, et il commençait à craindre qu'elle ne soit réellement capable de lire dans les pensées! Aussi décida-t-il résolument de faire le vide dans son esprit pour tâcher de se concentrer sur ses paroles.

— Toutes nos chambres sont meublées, aussi nos hôtes ne peuvent-ils apporter que quelques petits objets personnels, des photographies des livres, des bibelots. Certains d'entre eux ont leur propre téléviseur ou leur poste de radio. Je l'autorise à condition que le volume sonore ne dérange personne. Ainsi, ils se sentent un peu plus chez eux.

James s'immobilisa soudain, tenant le plateau face à lui tel un bouclier, et la dévisagea avec insistance.

— Pourquoi diable faites-vous tout ça? demanda-t-il sans ambages. Vous trimez toute la journée pour des gens qui ne vous sont rien! Vous devriez vendre la maison, acheter un appartement plus petit, trouver un emploi. Vous auriez la vie plus facile, des horaires de travail réguliers. Vous vous amuseriez...

— C'est le foyer des enfants. Ils ne veulent pas vivre ailleurs. Je leur ai promis, à la mort de nos parents, de garder la maison, afin que nous restions toujours ensemble. A l'époque, je ne pouvais pas travailler à l'extérieur, Emmy était trop petite. Alors créer une pension de famille a paru la solution idéale.

James regrettait d'avoir perdu son flegme, mais il était trop tard pour faire machine arrière. Du reste, pourquoi avait-il tout à coup éprouvé une telle colère parce qu'une totale étrangère agissait à ses yeux d'une manière aussi folle qu'inexplicable? Pourquoi se soucierait-il de la voir s'échiner comme une esclave à s'occuper de toutes ces personnes âgées?

— Qu'est-il arrivé à vos parents? marmonna-t-il.

— Ils ont été tués dans un accident de voiture il y a trois ans. Un chauffeur routier a eu une crise cardiaque au volant de son camion et les a percutés de plein fouet. Au moins, ils n'ont pas souffert. Ils sont morts sur le coup.

— Il y a trois ans? répéta James. Quel âge avait Emmy?

Dès que les mots eurent franchi ses lèvres, il pesta intérieurement contre lui-même. Qu'avait-il à en faire, sapristi? Il devenait bizarre, se mettait à poser des questions grotesques qui ne lui seraient même pas venues à l'esprit hier encore.

— Elle n'avait que trois ans, pauvre chou! répondit Patience.

— Le choc a dû être rude pour elle.

— Oui. Elle a complètement régressé, est redevenue un bébé. Elle ne parlait plus, ne marchait pas, éclatait en sanglots pour un rien, faisait des cauchemars la nuit, appelait sa mère... Il a fallu du temps pour que le traumatisme s'efface. Vous comprenez que, dans ces conditions, il m'était impossible de la laisser en garde à des étrangers. Elle avait besoin de toute mon affection. Je ne pouvais pas la quitter une seule seconde. J'ai aussi eu quelques difficultés avec les garçons, mais d'un ordre différent. Toby s'est mis à chaparder dans les boutiques, à jurer comme un charretier, à se battre avec ses camarades d'école. Quant à Thomas, il a souffert d'énurésie nocturne, a commencé à refuser d'obéir et à avoir des difficultés scolaires.

James hocha la tête avec une grimace.

— On apprend aux garçons à ne pas montrer leurs émotions, alors ils trouvent d'autres moyens pour extérioriser leur douleur, acquiesça-t-il.

Lui-même n'avait jamais exprimé sa propre souffrance. Il l'avait ravalée, cachée dans un coin de son âme, et il se rendait compte à présent que, loin d'être digérée, elle couvait en lui et, de plus en plus souvent, s'échappait sous forme d'accès de fureur ou de désespoir qui semblaient jaillis de nulle part.

Patience lui sourit avec gentillesse.

— C'est terrifiant quand vos parents disparaissent ainsi de votre vie du jour au lendemain, murmura-t-elle.

Il comprit qu'elle parlait autant de lui que de ses frères et sœur. Nauséeux tout à coup, il détourna le regard.

— Cela angoisse les enfants qui ont soudain l'impression que toutes les personnes de leur entourage sont susceptibles de disparaître elles aussi, poursuivit la jeune femme. Après la mort de mes parents, les enfants redoutaient que ce soit mon tour. Vous voyez bien qu'il n'était pas question de vendre la maison.

Oui, il imaginait aisément la situation dans laquelle Patience s'était retrouvée. Cependant il n'arrivait pas à comprendre qu'elle ait pu transformer sa maison en hôtel.

— Les enfants ne sont pas perturbés par le fait que toutes ces vieilles personnes monopolisent votre attention et votre énergie ? demanda-t-il.

— Oh non ! En fait, ils sont ravis. Ils n'ont pas de grands-parents, et les enfants ont besoin d'un contact avec les anciennes générations. Spontanément, ils sont attirés les uns vers les autres. Les enfants se sentent souvent bien plus proches des personnes âgées que de leurs parents, qui ont trop de responsabilités, sont accaparés par leur travail. Et puis, les parents sont ceux qui enseignent la discipline et sont sans cesse sur leur dos pour les encourager à toujours mieux faire, tandis que les anciens ont depuis longtemps laissé tout ça derrière eux et se contentent de savourer la vie, comme les enfants eux-mêmes.

Avec un sourire, Patience ajouta :

— Par exemple, Joe a appris aux enfants à jardiner et Emmy aide Lavinia en cuisine. Elle adore doser la farine, battre les œufs, découenner le jambon. Elles s'amusent beaucoup toutes les deux ! Vous comprenez, Lavinia n'a pas de petits-enfants, et pourtant elle aurait fait une parfaite grand-mère.

— C'est Lavinia qui a préparé le dîner ? Je croyais que c'était vous.

— Nous l'avons préparé ensemble. Lavinia a été cuisinière autrefois, elle m'a beaucoup enseigné.

Patience jeta un coup d'œil au plateau que portait James.

— Le café va refroidir, dit-elle. Allons voir votre mère. Elle doit nous entendre et se demander ce qui se passe.

James eut l'impression que ses jambes étaient devenues brusquement plus lourdes que du plomb et lui interdisaient tout mouvement. Pétrifié, il dévisagea Patience dont les grands yeux dorés le fixaient. Une fois de plus, elle cherchait à deviner ses pensées !

— Allons, venez ! lui intima-t-elle.

— Cessez de me donner des ordres, mademoiselle Kirby. J'irai lui rendre visite quand je serai prêt, pas avant.

— Il ne faut pas avoir peur, voyons...

Il sursauta.

— Peur ? De quoi parlez-vous ? Je n'ai absolument pas peur ! se récria-t-il de sa voix la plus tranchante.

Sans se départir de son sourire, elle s'avança dans le couloir. A contrecœur, James lui emboîta le pas. Patience s'arrêta devant une porte, tourna doucement la poignée et entra.

La chambre n'était éclairée que par une lampe de chevet. Nerveux, James jeta un regard autour de lui. Dans la pièce carrée avait été aménagé un petit coin-salon composé d'une méridienne de velours rouge dont le dossier et les pieds étaient ornés de moulures tarabiscotées. Sur l'assise reposaient de jolis coussins de différentes couleurs, ainsi qu'un trio d'ours en peluche. A côté se trouvait une petite table ronde qui supportait un vase de cuivre empli de jacinthes blanches au parfum entêtant.

Situé dans un angle, le lit était recouvert d'un patchwork douillet. Une femme était allongée là, le dos soutenu par des oreillers, son visage tourné vers la porte.

James ne pouvait faire demi-tour, il se serait couvert de ridicule, ce qu'il détestait au plus haut point. Aussi, tel un robot, il s'avança d'une démarche mécanique et déposa le plateau sur la table basse.

Il ne jeta qu'un bref coup d'œil en direction du lit avant de détourner tout de suite la tête.

— Bonsoir, James, lui dit sa mère d'une voix qu'il reconnut aussitôt.

Son timbre était plus rauque qu'autrefois, mais finalement, il ne l'avait jamais vraiment oublié.

Il se força à la regarder. Comme Lavinia, elle avait les cheveux blancs, à peine teintés de rose par un rinçage colorant. Cette couleur le fit penser à de la barbe à papa. La chevelure neigeuse de sa mère en avait la texture vaporeuse. Il se souvenait d'elle avec de longs cheveux aussi sombres que les siens, brillants et soyeux.

Comme si elle recevait la visite d'un étranger, elle lui tendit la main. Mais qu'étaient-ils d'autre, au fond, que des étrangers ?

Au prix d'un effort surhumain, il parvint à se dégager de la chape de plomb qui l'enveloppait encore et à saisir cette main. Ses doigts étaient frêles et glacés. Il aurait pu les broyer dans sa paume sans le moindre effort.

Que dire ? Que raconter à une personne qu'on n'avait pas vue depuis plus de vingt ans ? Quelqu'un qu'on avait haï de toutes ses forces durant tout ce temps ?

Mais c'était donc cette créature fragile, la femme qu'il avait tant détestée ? La dernière fois qu'il l'avait vue, elle était jeune, belle, gaie, auréolée de l'odeur délicieuse d'un parfum français. Il n'y avait aucun rapport entre ces deux femmes. Seule sa voix n'avait pas changé et continuait de le hanter, tel un spectre surgi du passé.

— Bonsoir, dit-il d'un ton contraint.

Il se sentait horriblement mal à l'aise et en voulait à Patience de l'avoir mis dans une telle situation. De quel droit se mêlait-elle de la vie des autres ?

— Asseyez-vous, lui dit Patience en poussant une chaise vers lui.

Le bois heurta l'arrière de ses genoux, et il se retrouva

assis auprès du lit. Il croisa les jambes, lissa son pantalon pour se donner une contenance. Il remarqua soudain de petites éclaboussures de boue séchée qu'il entreprit d'épousseter avec application. Il faudrait envoyer le vêtement au pressing le lendemain...

Les secondes s'écoulaient. Avec soulagement, il accepta la tasse de café que lui tendait Patience, se mit à tourner inlassablement la cuillère dans le breuvage fumant.

— Du sucre ?

— Non, merci.

Avec insistance, il accrocha son regard, espérant qu'elle allait vraiment lire dans ses pensées, cette fois. S'ils avaient été seuls, il aurait défoulé sa hargne sur elle sans vergogne.

Les yeux d'ambre pétillèrent soudain. Oh oui, elle était télépathe ! Et elle semblait beaucoup s'amuser. C'était la fille la plus étrange qu'il ait jamais rencontrée, à la fois trop jeune et trop mûre pour lui. En tout cas, trop insupportable pour vivre avec elle.

« Mais... qu'est-ce qui me prend ? » se demanda-t-il soudain *in petto*.

Vivre avec Patience ? Décidément il avait besoin de vacances !

— Préférez-vous que je vous laisse discuter en tête à tête ? s'enquit la jeune femme.

— Non ! s'écrièrent la mère et le fils d'une même voix.

Il se détendit un peu. Ainsi, sa mère n'était pas plus à l'aise que lui. La regardant plus franchement maintenant, il s'aperçut à quel point elle était maigre et pâle. Il devinait l'ossature de son visage sous la peau parcheminée, les fines veinules bleues qui striaient ses mains. Elle semblait aussi immatérielle qu'une toile d'araignée, pourtant elle était encore belle à sa façon.

— Patience m'a dit que tu avais vécu longtemps à l'étranger ? commença-t-il d'un ton poli.

— Oui, en France, en Italie, en Espagne. J'ai pas mal voyagé.

— Tu étais chanteuse professionnelle, je crois ?

Elle sourit.

— En effet. Tu te souviens, je te chantais des berceuses quand tu étais bébé ? Seulement lorsque ton père était absent, bien sûr. Il détestait m'entendre chanter, bien qu'il m'ait rencontrée alors que je me produisais avec un petit orchestre, dans un hôtel de Londres. Il dînait là-bas, en compagnie d'amis, mais il est revenu le lendemain soir, seul, et m'a invitée au restaurant. Je crois que c'était la première impulsion qu'il suivait de toute sa vie ! Ton père n'avait rien de spontané, mais il était plus jeune à l'époque, sa véritable nature n'avait pas encore eu le temps de se développer.

James se leva à demi.

— Je ne vais pas rester ici à t'écouter critiquer mon père ! lança-t-il d'une voix coupante.

— Désolée, je ne voulais pas te fâcher. Ne pars pas, James...

Elle tendait vers lui une main conciliante. Conscient du regard de Patience posé sur lui, James consentit à se rasseoir.

Sa mère soupira de soulagement, et sa main presque squelettique retomba sur la couverture. Elle ne portait aucune bague, alors que, jadis, elle en ornait tous ses doigts : son alliance en or, sa bague de fiançailles en diamant et rubis, le gros solitaire que son père lui avait offert pour la naissance de James... Ses mains étincelaient toujours de mille feux lorsqu'elle les agitait en parlant.

— J'ignorais que tu avais été chanteuse avant ton mariage, personne ne m'en a jamais parlé, avoua-t-il.

Pourtant, il se rappelait bien qu'elle chantait autrefois en s'accompagnant au piano, dans le boudoir. Il s'asseyait sur ses genoux, et elle interprétait des berceuses, des ballades... Comme c'était étrange ! il avait tout oublié de ces instants-là jusqu'à aujourd'hui. La mémoire jouait parfois des tours curieux.

— Cela ne me surprend pas, ton père ne voulait pas que la chose s'ébruite, répondit-elle avec un sourire caustique. Je crois qu'il a regretté de m'avoir épousée dès notre lune de miel. Ses parents désapprouvaient notre union, ses amis guindés me battaient froid, et puis, il faut admettre que nous n'avions rien en commun. Cette union était effectivement une erreur. Au début, je me suis laissé éblouir : il était beau, élégant, fortuné... J'avais l'impression d'être Cendrillon venant de rencontrer son prince charmant ! Et c'était également le moyen le plus pratique pour échapper à tous mes soucis.

— Ainsi, tu ne l'as jamais vraiment aimé ? fit James d'une voix froide.

— Oh ! si, au début de notre relation. J'étais amoureuse et éblouie, je te l'ai dit, mais pour être tout à fait honnête, ça ne marchait plus très bien pour mes musiciens et pour moi depuis un certain temps. Nous étions à la fin des années 50, l'Amérique était sous le charme d'Elvis, et ici les Beatles n'allaient pas tarder à exploser, ainsi que nombre d'autres groupes de rock. Les jeunes de l'époque n'appréciaient guère notre musique. Nous n'avions que vingt ans, et déjà nous passions pour des ringards !

Elle marqua une courte pause, avant d'enchaîner :

— Il fallait se battre pour obtenir des contrats, trouver de quoi payer le loyer et manger. Je n'étais pas issue d'une famille aisée qui aurait pu m'entretenir. Mon père était mort, et ma mère vivait avec un type que je n'aimais pas. Quand ton père a demandé ma main, j'ai sauté sur l'occasion. Mais j'étais vraiment amoureuse de lui, James. Ou peut-être... peut-être amoureuse d'un rêve. Ce n'est qu'une fois mariée que la réalité a fait voler mes illusions en éclats, et que nous avons tous deux mesuré l'ampleur du gouffre qui nous séparait.

— D'autant plus, j'imagine, que tu n'as pas tardé à rencontrer un autre homme.

James essayait de se dominer, mais la colère faisait frémir sa voix.

— Je ne veux rien te cacher, James. Oui, j'ai rencontré quelqu'un d'autre, mais plus tard, bien après avoir compris que mon mariage battait de l'aile. Ton père regrettait de m'avoir épousée. En fait, il ne m'a jamais aimée.

— Il ne s'est jamais remarié, lui ! se récria James, d'une voix si vibrante d'indignation que sa mère et Patience tressaillirent légèrement.

— Ton père n'était pas fait pour le mariage, répliqua tranquillement sa mère. Il était froid, insensible. Il n'avait pas besoin d'une épouse. Il avait sa secrétaire, ses domestiques, une maîtresse je suppose, de temps en temps, et ce genre de relation apparemment lui suffisait. Il payait les gens, tout en les maintenant soigneusement à distance. On ne peut pas agir ainsi avec sa femme.

« Ni avec son enfant ! » songea James avec amertume.

Cette description correspondait tout à fait aux relations qu'il avait eues avec son père. Sous ce nouvel éclairage, son enfance triste et vide trouvait un sens. Il s'était toujours persuadé que c'était la faute de sa mère si son père était devenu aussi inaccessible. Mais peut-être disait-elle la vérité ? Peut-être avait-il toujours été ainsi ?

Quoi qu'il en soit, cela n'effaçait pas sa trahison : elle l'avait abandonné pour s'enfuir avec un homme !

— Si c'était l'opinion que tu avais de lui, pourquoi ne m'as-tu pas emmené avec toi ? demanda-t-il avec rudesse.

Soudain, il en eut assez. A quoi bon la questionner ? Que pouvait-elle dire de toute façon qui ne fût pas un mensonge ? Elle était partie et l'avait laissé dans ce désert glacé. Il n'y avait rien à dire, et il ne voulait plus ressasser ces souvenirs sinistres !

Décochant à Patience un regard plein de ressentiment pour ce qu'elle lui avait infligé, il se leva d'un bond et sortit de la chambre en claquant la porte derrière lui. Une chose était sûre, en tout cas : jamais il ne remettrait les pieds dans cette maison !

4.

James franchissait le portail quand il se rendit compte qu'il n'avait pas de moyen de locomotion. Bon sang ! il aurait dû appeler un taxi. Seulement il n'avait pas la moindre idée de l'endroit où il se trouvait dans cette banlieue du nord de Londres. A l'aller, il avait été trop obnubilé par cette petite sorcière rousse pour prêter attention au chemin emprunté par Barny. Sans compter qu'à présent, il faisait nuit...

Que faire ? Il n'allait certainement pas revenir sur ses pas, ce serait trop humiliant après la sortie fracassante à laquelle il venait de se livrer. La rue dans laquelle il se trouvait était peu passante, mais à son extrémité il apercevait un croisement d'où lui parvenait la lueur de phares à intervalles réguliers... Ce devait être une artère principale et il y trouverait sûrement une cabine téléphonique. Il était à Londres, tout de même !

Il s'apprêtait à partir à l'aventure quand une silhouette mince surgit de nulle part, les pieds auréolés d'une curieuse luminescence. James mit quelques secondes à comprendre qu'il s'agissait d'un jeune homme en survêtement qui courait en tennis à semelles phosphorescentes.

— Excusez-moi, pouvez-vous me dire où je suis ? demanda-t-il lorsque le jeune homme parvint à sa hauteur.

Celui-ci s'arrêta pour lui jeter un regard dédaigneux.

— Vous ne savez pas où vous êtes ? Au moins, c'est franc de l'admettre ! Mes parents non plus, ils ne le savent pas. Ils se croient toujours dans les années 60, en pleine période hippie !

James s'adjura mentalement de garder son calme. Les gens du quartier étaient-ils tous fous ?

— Cela pourrait être pire, ils pourraient croire que la reine Victoria est toujours en vie, rétorqua-t-il avec patience. Mais dites-moi, y a-t-il un téléphone public dans le coin ?

— Je ne pense pas, pourquoi ?

— Parce qu'il se trouve que je souhaite passer un coup de fil.

— Très spirituel ! Vous devriez acheter un portable. Nous sommes presque au XXIe siècle, réveillez-vous !

— Soyez sûr que j'en ai bien conscience ! répliqua James en songeant à toutes ces heures de travail passées à préparer le changement de millénaire.

Avec lassitude, il demanda :

— Quel est le nom de cette rue ?

Le garçon ouvrit la bouche, mais au lieu d'une réponse claire, il émit un grognement étranglé.

— Patience.

James sursauta. Avait-il mal compris ? Ou, pire, devenait-il tellement obsédé par cette fille qu'il entendait son nom partout ?

— Qu'avez-vous dit ?

Mais le jeune homme ne l'écoutait plus. Il se dirigea vers le portail et se mit à discuter dans le noir avec quelqu'un que James ne pouvait voir. S'approchant, ce dernier perçut quelques bribes de la conversation :

— Il faut que je te parle... Je viens de me disputer avec eux... Je ne suis plus un gamin, ils n'ont aucun droit de diriger ma vie...

James s'approcha encore. Non, ce n'était pas son imagination qui lui jouait des tours. Patience était bien là, appuyée à la barrière. La faible lumière du porche faisait danser dans ses cheveux des flammes vives, et le garçon la regardait comme s'il se trouvait face à une apparition céleste.

Patience aperçut enfin James.

— Je vous ai appelé un taxi, lui annonça-t-elle.

— Tu connais ce type ? s'étonna le garçon avec une moue. Il n'a pas l'air net, il ne sait pas où il est. Il est frappé d'amnésie, ou complètement toqué ?

— Ne sois pas grossier, Colin, répliqua Patience. Entre si tu veux, mais ne t'attarde pas. Je n'aimerais pas que ton père débarque chez moi en hurlant. Il était furieux la dernière fois.

— Il croit que tu en as après mon argent.

— Le sien, tu veux dire. Tu n'as pas un penny en poche ! Et ça ne risque pas de changer si tu rates tes examens.

La jeune femme tourna un regard froid vers James.

— Le taxi ne devrait plus tarder, lui dit-elle. Vous n'oublierez pas l'anniversaire de votre mère dans une semaine, n'est-ce pas ?

— Et le vôtre, quand a-t-il lieu ? demanda James sous le coup d'une impulsion.

— Le même jour.

— Le même jour ? Vous plaisantez ?

— Qui c'est ? intervint le dénommé Colin en jaugeant James d'un œil hostile. Il est habillé comme mon père. C'est un homme d'affaires ? Que fait-il ici ? Il s'est débarrassé de sa vieille mère en la collant chez toi ?

De rage, James serra les poings. Il n'avait pas éprouvé une telle agressivité depuis des années, mais ce jeune insolent déchaînait chez lui des élans presque meurtriers.

— Tu veux vraiment que je t'apprenne les bonnes manières ? gronda-t-il entre ses dents.

— Eh, essayez un peu pour voir !

Bombant son maigre torse, le garçon se campa devant lui. Patience s'interposa aussitôt entre eux deux.

— Rentre chez toi, Colin ! ordonna-t-elle. Je ne vois vraiment pas pourquoi tu agresses ainsi M. Ormond. Tu ne le...

— Ormond ? répéta Colin. Je ne l'avais pas reconnu ! Dans les journaux, il a plus d'allure. J'imagine qu'ils retouchent les photos.

Cette remarque n'améliora en rien l'humeur de James,

d'autant plus qu'il surprit le demi-sourire que Patience tentait de dissimuler.

— Arrête, ça suffit ! intima-t-elle à Colin en lui donnant une petite poussée dans le dos. Moi, je dois dire deux mots à M. Ormond à propos de sa mère.

— Tu devrais surtout lui conseiller de s'en occuper lui-même ! conseilla Colin, avant de s'éloigner en direction de la maison.

Comme Patience tournait vers lui son visage en forme de cœur, faisant voler au vent ses boucles rousses, James demanda entre ses dents serrées :

— C'est votre petit ami ?

— Cela ne vous regarde pas.

C'était vrai, mais cela ne le calma pas pour autant. A l'inverse, il sentit la fureur qui bouillonnait en lui exploser.

— De votre part, c'est un peu fort ! s'écria-t-il. Vous vous mêlez de ma vie privée, vous me posez des questions personnelles, vous me jugez et vous passez votre temps à me donner des ordres !

— Chut ! lui enjoignit-elle en jetant un coup d'œil en direction de la maison. Si Colin vous entend, il va croire que vous m'agressez et ce sera le pugilat. Il est plutôt agressif en ce moment.

— Et vous croyez peut-être que j'ai peur de lui ?

— Non, je crains plutôt que vous ne lui cassiez quelque chose.

— Toujours aussi maternelle, hein ! rétorqua James avec un ricanement.

Que trouvait-elle d'intéressant à ce freluquet ? Il se renfrogna en répondant mentalement à sa propre question. Ils étaient de la même génération, bien sûr, et devaient avoir une foule d'intérêts communs : les mêmes goûts en matière de musique, de littérature, de cinéma. Ils devaient rire des mêmes plaisanteries, critiquer les mêmes tendances politiques, partager les mêmes espoirs pour l'avenir.

Un bruit de moteur s'éleva à l'extrémité de la rue.

— Voilà votre taxi, dit Patience.

Comme elle posait la main sur son bras, James tressaillit.

— S'il vous plaît, revenez voir votre mère. Je comprends qu'il vous soit difficile d'oublier ce qu'elle a fait, mais n'importe qui commet des erreurs dans sa vie. Donnez-lui une seconde chance, apprenez à la connaître. Ne lui tournez pas définitivement le dos, dit-elle d'une voix suppliante.

James l'écoutait à peine. Il était en proie à un tourbillon d'émotions qu'il n'avait jamais ressenties auparavant. Incapable de détourner les yeux de ce visage exquis, il devait mettre en œuvre toute sa volonté pour ne pas la prendre dans ses bras et l'embrasser. Ses lèvres étaient si pleines, si sensuelles... Il mourait d'envie de sentir leur contact doux contre les siennes, de se noyer dans l'éclat doré de ces prunelles immenses.

Que ressentirait-il à ce baiser? Il aurait donné n'importe quoi pour le savoir. Même plus jeune, il n'avait jamais éprouvé ce besoin irrésistible d'embrasser une fille. Bien entendu, il n'en ferait rien. Elle le giflerait certainement, ou se mettrait à crier, et le garçon surgirait de la maison, prêt à la bataille. James ne craignait pas de l'affronter, mais une scène dans la rue serait terriblement embarrassante. Il redoutait de se commettre dans une situation aussi ridicule.

Le taxi se gara devant la maison. Péniblement, James s'arracha à sa contemplation et tourna les talons, tâchant d'occulter le fait qu'il n'avait aucune envie de partir.

— Venez dîner à la maison le soir de mon anniversaire, lui dit Patience, comme il s'installait dans le taxi. C'est vendredi prochain, vous vous en souviendrez? 19 heures, cela vous convient?

James préféra ne pas s'engager sur ce point. Il claqua la portière, donna son adresse au chauffeur, et le taxi démarra. Quand il jeta un coup d'œil par la lunette arrière, il constata que Patience avait disparu.

Il ne la connaissait que depuis le matin, et pourtant il avait l'impression qu'elle avait toujours fait partie de son existence.

Son regard s'attarda sur la silhouette massive de la haute

demeure dont la plupart des fenêtres étaient illuminées à présent. Les enfants et les hôtes regagneraient bientôt leur lit ; le rez-de-chaussée redeviendrait calme et silencieux. Patience et Colin se retrouveraient seuls...

Qu'y avait-il exactement entre eux ? Echangeraient-ils des baisers ? Feraient-ils l'amour ? Colin n'avait certainement pas plus de vingt ans, Patience était donc plus âgée de trois ans au moins. Etait-ce pour cette raison que les parents du garçon désapprouvaient leur relation ?

Quoi qu'il en soit, James ne pouvait les imaginer dans le même lit sans sentir sa mâchoire se contracter. Même si les affaires de cœur de Patience ne le concernaient en rien.

Du moins essayait-il de s'en convaincre.

Le samedi soir, James dîna en compagnie de Fiona. Dans le restaurant, tous les regards étaient braqués sur elle, ceux des hommes pleins d'admiration et de désir, ceux des femmes envieux et hostiles.

Il fallait avouer qu'elle avait un goût parfait. Ce soir, elle portait un ensemble d'un de ses créateurs préférés : une jupe vert jade moulante, et un bustier de satin au décolleté audacieux dont le col plissé remontait haut derrière la nuque pour encadrer son cou gracieux.

— Tu aimes ma tenue ? lui demanda-t-elle.

— Tu ressembles à une fleur d'arum. Mais n'est-ce pas un peu inconfortable cependant ?

— Je ne la porte qu'en des occasions spéciales.

— Vraiment ? Qu'y a-t-il de particulier aujourd'hui ?

— Les moments que nous passons ensemble sont toujours particuliers.

Elle souriait, sa voix avait un accent langoureux, et cependant ses yeux bleus gardaient l'éclat glacé de la banquise. James comprit qu'il l'avait contrariée. Mais comment ? Il l'ignorait.

Il ne savait jamais tout à fait ce que pensaient les femmes et avait toujours eu un problème de communication avec elles. On aurait dit qu'elles ne parlaient pas le même langage, n'avaient pas les mêmes références culturelles, ne saisissaient pas les mêmes nuances.

— Je vais commencer par le melon-surprise, décréta Fiona en consultant le menu. Bien que je me demande en quoi consiste la surprise...

— Ce sont de petites boules de melon avec du sorbet à la pêche et au melon, parfumées à la menthe fraîche et décorées de framboises, la renseigna le serveur.

— Parfait. Ensuite je prendrai une sole avec une salade verte.

C'était typiquement le genre de repas qu'ils partageaient. Fiona était toujours au régime, elle ne choisissait que des plats à basse valeur calorique. James se remémora les spaghettis en sauce au fromage, le pain, le vin corsé et les prunes dont il s'était régalé l'avant-veille. Fiona en aurait eu un haut-le-cœur ! Tout ce qu'elle ingérait était délicat et raffiné, comme elle.

Si l'on jugeait les femmes d'après leurs comportements alimentaires, que dire de Patience Kirby ? A cette pensée, il ne put dissimuler un petit sourire. Le minois en forme de cœur et à la bouche pulpeuse dansa devant ses yeux.

— Et toi, James ? s'enquit Fiona avec impatience.

— Je vais prendre la même chose.

Il commanda également une bouteille de vin blanc, puis attendit le départ du serveur pour demander :

— Comment va ton père ?

— Il est dans l'est du pays pour rencontrer plusieurs partenaires commerciaux, de grosses pointures, et il m'a laissé la responsabilité de l'agence. Je vais être très occupée jusqu'à son retour.

— Ne devions-nous pas partir en week-end la semaine prochaine ?

— Chez Oliver et Petra ? Non, désolée, je n'aurai pas le temps.

— Dans ce cas, je n'irai pas non plus. Je m'ennuierais sans toi. Petra est si agaçante ! Je leur raconterai que je suis surchargé de travail, moi aussi.

— Nous n'allons pas nous décommander tous les deux!

— Ils comprendront. De toute façon, ils préfèrent inviter des couples.

— C'est vrai, admit Fiona.

— Quels sont les projets de ton père?

— Il souhaite se renseigner sur certaines entreprises et préfère se rendre sur place pour juger de lui-même, plutôt que se fier aux déclarations de leurs dirigeants.

— Et c'est un bon prétexte pour s'offrir un peu de détente, non?

Loin de rire de la plaisanterie, Fiona lui retourna un regard offusqué.

— Papa est en voyage d'affaires. Il ne s'amuse pas aux frais de la société. Même s'il s'agit de la sienne, après tout.

La perplexité de James s'accentua. Oui, décidément, quelque chose contrariait Fiona. Mais du diable s'il savait quoi.

Il le découvrit un peu plus tard, alors qu'ils achevaient le plat principal.

— Où étais-tu jeudi dernier? s'enquit-elle brusquement.

— Jeudi dernier?

— Oui. Mon père a voulu te joindre. Il a donc téléphoné chez toi, mais il n'y avait personne. Il a appelé sans relâche jusqu'à 11 heures du soir.

A sa grande consternation, James sentit une stupide rougeur envahir ses pommettes. Il feignit de se concentrer sur sa sole.

— J'ai dîné en ville. Mes domestiques avaient leur soirée libre, prétendit-il avec un vague haussement d'épaules.

— Tu n'as pas dîné dans le restaurant où nous avions réservé. Mon père les a appelés, ils ont répondu que tu avais annulé.

— Non, je...

— Ni à ton club, il a aussi essayé de te joindre là-bas.

James releva vivement la tête. Son malaise se muait en franche irritation.

— A quoi rime cet interrogatoire? s'exclama-t-il. Tu vas m'annoncer que tu me fais suivre par un détective privé?

— Inutile de t'énerver, tu deviens insultant. Je suis juste curieuse de savoir où tu as passé la nuit.

— Il se trouve que je suis allé voir une personne que je n'avais pas vue depuis des années.

Le sourcil délicatement relevé, Fiona attendit d'en apprendre plus, mais James n'était pas encore prêt à lui parler de sa mère. Il s'empressa d'avaler une bouchée de poisson.

Fiona fit entendre un rire aussi cristallin que le tintement d'une flûte de champagne.

— Une ancienne conquête ? supputa-t-elle.

Il comprit enfin. Elle s'imaginait qu'il avait passé la nuit avec une autre femme. Comment osait-elle le soumettre à une scène dans un endroit public ? Elle n'avait aucun droit sur lui, ils n'étaient pas mariés ! D'ailleurs, il commençait à se demander sérieusement si ce mariage était une bonne idée...

— Non, une vieille dame, répondit-il, avant de boire une gorgée de vin qui lui parut soudain amer.

— Une vieille dame ? Mais qui donc ?... Oh, ta vieille nourrice, peut-être ?

— Tu ne comprends donc pas que je ne souhaite pas en parler ? répondit-il d'un ton mordant en repoussant son assiette.

A partir de cet instant, l'atmosphère se rafraîchit, au sens propre comme au figuré. Ils continuèrent poliment de discuter affaires, banqueroutes, concurrence, fusions, rumeurs d'O.P.A... Mais une fois le café avalé, ils ne s'attardèrent pas au restaurant, et aucun des deux ne proposa de sortir en discothèque, comme ils en avaient l'habitude le samedi soir. James raccompagna Fiona chez elle et, au moment de quitter la voiture, elle lui frôla la joue d'un baiser froid et distant.

— Bonne nuit, James. Merci pour ce délicieux repas.

— Bonne nuit, Fiona. Ne travaille pas trop dur.

Leur courtoisie réciproque était le seul moyen adulte de composer avec le gouffre qui venait de s'ouvrir entre eux. A moins que ce gouffre n'ait toujours existé ?

La question méritait réflexion et James en aurait justement le loisir pendant une ou deux semaines. Le voyage du père de Fiona leur donnerait une excuse pour ne pas se voir durant quelque temps.

Sur le chemin du retour, il décida de lui envoyer des fleurs le lendemain. Fallait-il écrire : « Désolé » sur le bristol ? Non, il ne regrettait rien de ce qu'il avait dit ou fait. Pourquoi l'avait-elle harcelé de questions ? Il ne lui appartenait pas.

Alors qu'inscrire ? « Je t'embrasse » ? Pourquoi pas ? Tout le monde utilisait cette formule de politesse qui, en définitive, n'engageait à rien.

Un petit frisson le parcourut. Moins d'une semaine plus tôt, il était quasi certain de vouloir l'épouser. Aujourd'hui, tout à coup, il en doutait. Avait-il envie de passer le reste de sa vie espionné, emprisonné derrière du fil de fer barbelé ? Bon, ce scénario était un brin mélodramatique, et pourtant... Quelle liberté lui resterait-il si Fiona surveillait ses moindres faits et gestes ?

Il était temps de réagir, sous peine de s'enliser en terrain mouvant. Il devait prendre une décision urgente concernant l'avenir, choisir ce que serait sa vie future.

Tout d'abord, il n'avait pas l'intention de revoir sa mère. Elle n'avait aucun droit de bouleverser son existence après toutes ces années, et de s'attendre à ce qu'il l'accueille à bras ouverts. Ils étaient devenus de complets étrangers. Patience Kirby avait beau le supplier d'oublier la souffrance, la solitude et la tristesse de son enfance, c'était impossible. Elle était peut-être une sainte, mais pas lui.

Le dimanche fut froid et pluvieux. Le vent sifflait et gémissait dans les branches des arbres de Regent's Park. James ne bougea pas de chez lui et passa presque toute la journée assis à son bureau, à étudier des graphiques financiers complexes et des bilans comptables.

Comme chaque dimanche, son petit déjeuner se composa

d'un demi-pamplemousse, d'œufs au bacon et de marmelade d'orange ; son déjeuner de saumon fumé, suivi d'une tranche de rôti de bœuf accompagné d'une terrine de petits légumes, et enfin d'une mousse au citron et d'un café.

Barny et Enid se tenaient dans la cuisine située sur l'arrière de la maison. Le reste de la demeure était vide et silencieux, on n'entendait que le tic-tac de l'horloge dans le hall. D'habitude, James voyait Fiona le dimanche, ou, au moins, il lui parlait au téléphone. Ce jour-là, il ne vit personne, et personne ne l'appela. Il aurait tout aussi bien pu vivre sur une île déserte.

Combien de journées similaires avait-il passées dans sa vie ? La routine, les petites manies... Rien ne changeait donc jamais ?

Nerveux, il quitta son bureau pour s'approcher de la fenêtre. Dehors, la végétation du parc ruisselait de pluie. A perte de vue, ce n'étaient que toitures d'ardoise et ciel gris. Il éprouva en cet instant la même désolation qu'enfant, durant ses longues journées solitaires.

A 18 heures, il prit un bain et se prélassa dans l'eau parfumée plus longtemps que d'ordinaire. Lorsqu'il se fut habillé, il était l'heure de son apéritif rituel, mais cette fois il décida de boire un whisky au lieu de son sempiternel porto.

Quand Barny vint le prévenir que le dîner était servi, il considéra d'un air dubitatif le verre que son patron tenait en main, le deuxième de la soirée en fait.

— Vous buvez ? Cela ne vous aidera pas.

— Occupez-vous de vos affaires ! rétorqua James.

En se dirigeant vers la salle à manger, il surprit son reflet dans le miroir du couloir : un homme grand, sombre et renfrogné, aux yeux froids, à la bouche pincée.

« Mon Dieu, je commence à ressembler à mon père ! » pensa-t-il avec un pincement au cœur.

C'était la dernière chose qu'il souhaitait. Peut-être devrait-il vendre cette maudite maison, partir vivre à la campagne, se mettre au jardinage, passer plus de temps au grand air, à faire de la plaisance ou à jouer au golf ? Il ne voulait pas finir comme un vieillard frileux avant même d'avoir vécu !

C'est à peu près ainsi que sa mère avait décrit son père. Elle ne se trompait pas, et il lui en voulait pour la lucidité dont elle faisait preuve.

Le lundi, la pluie se transforma en crachin et le vent diminua d'intensité. Pourtant James demeurait d'humeur maussade. Il demanda à Mlle Roper d'envoyer des fleurs à Fiona.

— Quel message dois-je inscrire sur la carte, monsieur ?

— « Je t'embrasse », répliqua-t-il avec hargne.

Surprenant son regard acéré, il ajouta :

— Ne me regardez pas comme ça !

— Comment ?

— Une bonne secrétaire n'est pas censée discuter ce que dit son patron.

— Ai-je prononcé un mot ?

— C'était pire qu'un long discours ! Sortez et envoyez ces fleurs.

— Oui, monsieur. Certainement, monsieur, répondit Mlle Roper avant de refermer la porte avec une douceur exagérée.

James déjeuna avec des clients et eut toutes les peines du monde à se concentrer sur la conversation. Son esprit vagabondait sans cesse sur des sujets qui n'avaient rien à voir avec le travail.

Un peu plus tard dans l'après-midi, il se surprit à griffonner un visage sur le bloc de papier posé près du téléphone : de grands yeux, une large bouche pulpeuse... Rageur, il gribouilla l'esquisse, jeta son crayon. Mais qu'est-ce qui n'allait pas chez lui en ce moment ? Il n'allait tout de même pas perdre son temps à penser à Patience Kirby ou à ses yeux ! De quelle couleur étaient-ils exactement, d'ailleurs ? Noisette, caramel, cannelle ? Telles des opales, ils semblaient changer de nuance selon la lumière, et étincelaient quand elle était en colère.

« Est-ce qu'une bonne fois pour toutes tu vas cesser de penser à elle ! » s'admonesta-t-il en saisissant un compte de résultats.

Il avait besoin de vacances. Oui, c'était sûrement ça.

Appelant Mlle Roper par l'Interphone, il lui demanda de le rejoindre dans son bureau.

— Je crois que je vais prendre quelques jours de congé... bientôt. Jetez un coup d'œil à mes rendez-vous et indiquez-moi la meilleure période, la pria-t-il.

Elle demeura imperturbable, mais ses yeux bruns reflétèrent soudain son amusement. Quelles conclusions allait-elle tirer de cette brusque décision ? Sans doute échafaudait-elle déjà les scénarios les plus extravagants.

— Ce sera tout. Merci, mademoiselle Roper.

— Bien, monsieur.

Comme elle s'esquivait avec sa discrétion coutumière, James se mit à tambouriner des doigts sur l'acajou du bureau, tout en évitant de regarder sa montre. Il serait bientôt l'heure de rentrer à la maison. Il restait encore quelques heures de routine poussiéreuse à endurer.

Le mardi, son déjeuner d'affaires fut annulé à la dernière minute. Le soleil brillait de nouveau, aussi James se rendit-il à pied jusqu'au grand magasin le plus proche. Il déjeuna d'une salade composée à la cafétéria, puis déambula sans but précis parmi les rayons. C'était juste une façon de passer le temps, se dit-il en s'arrêtant devant les luxueux parfums français.

Il en choisit un dont la fragrance lui parut familière. Etait-ce celui-ci que portait sa mère quand il était enfant ? Quelque chose de proche, en tout cas. Il n'était pas expert en la matière, mais cette odeur réveillait quelque chose dans son inconscient.

— Ce parfum a-t-il été créé il y a longtemps ? demanda-t-il à la vendeuse.

— Dans les années 50, je crois.

— J'ai l'impression de le connaître.

— Beaucoup de femmes le portent, monsieur.

Il en acheta deux flacons. Après tout, offrir un cadeau à sa mère ne l'obligeait pas pour autant à assister à sa soirée d'anniversaire. Leur soirée ! Patience était née le même jour. Quelle coïncidence extraordinaire ! Il ne pouvait décemment pas faire un présent à sa mère et ignorer Patience. Et puisqu'elle l'avait invité, il ne se présenterait pas les mains vides. C'était un geste de pure politesse, cela ne signifiait rien. Rien du tout.

Comme il passait devant une vitrine renfermant de ravissants foulards, il en acheta deux, un vert amande pour sa mère, un rose tyrien pour Patience. La couleur exacte de sa bouche.

A sa demande, un employé emballa les présents dans du papier cadeau. James rédigea lui-même les messages qui les accompagnaient, ce qui lui fit penser qu'il devrait peut-être envoyer des cartes d'anniversaire. Il en choisit deux avec soin, et inscrivit un petit mot sur chacune tout en sirotant un café à la table de la cafétéria.

Curieusement, il avait apprécié cette heure de liberté, bien plus relaxante que les déjeuners habituels qu'il passait en compagnie de ses clients. Cela faisait des lustres qu'il ne s'était senti aussi bien. Peut-être que faire des cadeaux mettait de bonne humeur ?

Les rues de Londres étaient noyées de soleil quand il revint au bureau. Aujourd'hui, les gens souriaient au lieu de filer tête baissée, la mine sombre. Le printemps était de retour, et James n'avait guère envie de rentrer à la banque. Toutefois, l'habitude l'emporta. Il se remit à ses dossiers, bien que les présents rangés dans un tiroir occupassent toujours un coin de ses pensées. Devait-il les faire livrer par coursier ?

Le vendredi, il était toujours torturé par ce cruel dilemme : aller à la fête, ou ne pas y aller ? Telle était la question, et James n'arrêtait pas de changer d'avis. Cette indécision le rendait irritable. Mlle Roper ne cessait de lui décocher des regards ironiques, et l'assistante blonde était dans un état de stress déplorable parce qu'il l'avait secouée une ou deux fois dans la journée. Plutôt une douzaine de fois, pour être juste, concéda-t-il. La pauvre, ce n'était pourtant pas sa faute. Elle le redoutait tant qu'elle ne pouvait s'empêcher de commettre des erreurs.

Afin de détendre l'atmosphère, James adressa un sourire affable à la blondinette qui, de stupeur, laissa immédiatement tomber la pile de lettres qu'elle lui apportait.

— Bon sang, vous n'êtes décidément bonne à rien! hurla-t-il.

Mlle Roper apparut aussitôt pour prendre le relais. Elle renvoya l'assistante dans son bureau et ramassa les lettres éparpillées par terre.

— Si vous n'éleviez pas la voix de cette façon, elle ne serait pas aussi maladroite, monsieur Ormond, dit-elle avec froideur.

— Je ne criais pas quand elle est entrée. Je... je lui ai même souri, et ça n'a fait qu'empirer les choses.

— Elle a dû croire que vous alliez la licencier. Vous souriez beaucoup en période de licenciements.

— Qu'entendez-vous par là? Que j'y prends plaisir? répondit James, horrifié.

— Non. Je sais bien qu'au contraire, cela vous met très mal à l'aise, et que c'est pour ça que vous souriez. Vous êtes nerveux en ce moment?

Sans répondre, James entreprit de signer le courrier.

Au moment de quitter le bureau, il prit le sac qui contenait les cadeaux et souhaita une bonne soirée à Mlle Roper, faisant mine de ne pas remarquer son regard curieux fixé sur le logo du grand magasin où il avait effectué ses achats.

Il retrouva Barny devant la banque.

— Nous ne rentrons pas à la maison, Barny. Conduisez-moi à Muswell Hill, s'il vous plaît.

Ignorant les yeux écarquillés du chauffeur dans le rétroviseur, James reporta son attention sur les rues bondées de salariés qui rentraient chez eux. Sans faire le moindre commentaire, Barny démarra la Daimler. Le trajet était assez long. Soudain, alors qu'il observait les vitrines des boutiques, James aperçut une oisellerie.

— Arrêtez ! lança-t-il à Barny.

Celui-ci se gara docilement le long du trottoir.

— J'en ai pour un instant, lui dit encore James avant de jaillir du véhicule.

Quelques minutes plus tard, il réintégra la Daimler, portant une jolie cage peinte en blanc qui contenait deux petits oiseaux jaunes.

— Vous avez décidé de vous offrir des canaris, monsieur James ?

— Non, c'est un cadeau. Nous pouvons y aller, Barny.

Tout en s'insérant de nouveau dans la circulation, le chauffeur commenta :

— Vous savez, tout le monde n'aime pas les oiseaux. Les canaris sont très bruyants, surtout le matin. Et puis, ils mettent des graines partout.

— Bah, je pourrai toujours les rapporter à la boutique.

Comme la voiture bifurquait dans Cheney Road, James sentit une vibration bizarre dans sa poitrine, tel le grondement annonciateur d'un tremblement de terre. Heureusement, Mlle Roper n'était pas là pour lui lancer l'un de ses regards entendus !

— Désirez-vous que je vous attende ? demanda Barny en se garant devant Les Cèdres.

— Non, j'appellerai un taxi. Passez une bonne soirée avec Enid.

— Merci. Vous aussi, passez une bonne soirée, monsieur. Et saluez de ma part la jeune demoiselle.

James se sentit virer à l'écarlate et sut que Barny l'avait remarqué. Il se serait battu ! Pourquoi ne cessait-il de piquer des fards à tout bout de champ ?

Le sac dans une main, la cage dans l'autre, il s'extirpa de l'habitacle, referma la portière d'un coup de talon.

— Et adressez nos meilleurs vœux à madame, ajouta Barny. C'est bien aujourd'hui son anniversaire, n'est-ce pas ?

James se figea, avant de pivoter sur lui-même.

— Comment le savez-vous ? s'exclama-t-il.

— Enid s'en est souvenue. Elle n'oublie jamais les dates d'anniversaire, répondit Barny, aussi imperturbable que jamais.

— C'est vrai, elle n'a jamais oublié le mien, reconnut James en se radoucissant.

Alors que son père, lui, ne s'en souvenait jamais.

— Bonsoir, Barny.

En s'approchant de la maison, il entendit le bruit de la fête, les conversations, les rires, la musique, et il s'immobilisa pour prêter l'oreille. Les invités semblaient passer un très bon moment.

Il dut sonner quatre fois avant que quelqu'un ne vienne lui ouvrir. Une grappe d'enfants et de chiens surgit du vestibule, Emmy en tête. La petite fille s'élança pour lui nouer les bras autour de la taille.

— Je savais que tu viendrais ! Tu es en retard, monsieur. Oh, des canaris ! Qu'ils sont mignons ! C'est pour moi ?

James releva la tête et son regard croisa celui de Patience.

— Je... je les ai vus dans une vitrine et... j'ai pensé... qu'ils plairaient aux enfants, bredouilla-t-il en guise d'explication.

Emmy prit la cage entre ses bras et colla son minois contre les barreaux pour mieux admirer les oiseaux qui sautillaient de perchoir en perchoir.

— C'est trop lourd pour toi, je vais la porter, déclara péremptoirement Toby en s'emparant de la cage.

— Rends-les-moi ! Ce sont mes oiseaux ! cria aussitôt Emmy en se cramponnant aux barreaux.

— Ne sois pas stupide, tu pourrais les laisser tomber et les tuer !

— Qui va s'occuper d'eux ? intervint Patience en regardant sévèrement les enfants. Ce ne sont pas des jouets, vous savez. Il faut les nourrir, nettoyer la cage, vérifier leurs griffes et leur bec régulièrement...

— Moi ! s'écria Emmy.

— Mon œil ! rétorqua Toby en riant. Je le ferai, et Emmy m'aidera.

Il emporta la cage à l'intérieur et les deux autres le suivirent, tandis que les chiens, excités, sautaient autour de la cage en aboyant.

— Alors, vous entrez ou pas ? demanda Patience à James.

En silence, il la contempla. Il avait l'impression qu'une éternité s'était écoulée depuis qu'il ne l'avait vue, et en même temps, qu'il ne l'avait jamais quittée. Sa poitrine se contracta, au point qu'il éprouva de la peine à respirer. C'était donc ça ? Ce vertige, cette concentration des sens sur une unique personne... C'était donc ça, l'amour ?

Il fixait les mèches rebelles qui encadraient son front pâle, les immenses prunelles qui brillaient, telles celles d'un chat dans la nuit, les lèvres légèrement entrouvertes, comme si elle retenait un sourire...

Ce serait si facile de se laisser aller à aimer Patience.

La panique le submergea, il se sentit tout à coup sur le point de basculer dans un gouffre sans fond. Non, il devait réagir ! Il était trop âgé pour elle. Et ils provenaient de milieux trop différents, des mondes qui ne se rencontraient jamais. Dans le sien, seuls comptaient l'argent et le succès. Celui de Patience était fondé sur la famille, l'affection, le devoir. Si ces deux univers s'entrechoquaient, cela ne pourrait procurer que souffrance et destruction. Il fallait à tout prix l'éviter.

Le simple fait de l'envisager serait pure folie, et James s'était toujours targué d'être très pragmatique.

Que faisait-il ici ? Il n'aurait jamais dû venir.

— Voilà, j'espère que vous êtes contente ! jeta-t-il, furieux contre lui-même, plus que contre elle. Je suis venu parce que vous m'avez fait du chantage affectif. Mais ça ne marchera pas deux fois. Après cette soirée, je ne veux plus jamais revoir ma mère. Je lui verserai une pension afin qu'elle puisse vivre décemment, mais il n'y a pas de place pour elle dans ma vie. Est-ce clair ?

5.

— Vous avez un caractère épouvantable ! Inutile de me crier dessus, je ne suis pas votre conscience, s'exclama Patience.

— Je le sais bien. Alors cessez de me culpabiliser.

— Vous vous trompez. Ce que vous ressentez m'indiffère totalement.

Elle se détournait dans l'intention manifeste de le planter là, quand il la saisit par le poignet pour la faire pivoter. Déséquilibrée, elle se cogna contre lui et le corps de James se raidit sous le choc. D'instinct, il lui enlaça la taille pour la soutenir, et le contact de sa chair tiède à travers sa robe légère l'électrisa. Il baissa les yeux, vit le doux renflement de ses seins à la naissance de son décolleté, sentit sa taille étroite sous ses doigts, là où la jupe s'évasait en corolle. Le parfum délicat de sa chevelure l'environna, et, impulsivement, il se pencha pour mieux le savourer.

A demi conscient de ce qu'il faisait, il fit glisser sa main sur l'arrondi d'une hanche, tandis que ses lèvres cherchaient les siennes. Il devait l'embrasser. Immédiatement !

Patience ne se déroba pas. Son corps souple ploya entre ses bras, sa bouche s'entrouvrit légèrement. Les yeux fermés, James s'abandonna au plaisir de ce baiser délicieux, à la volupté que lui procurait le contact de sa peau si douce. Dès qu'il avait posé les yeux sur elle, il avait eu envie de la prendre dans ses bras, et pourtant il ne se l'avouait que maintenant.

Son rêve vola en éclats au moment où une silhouette jaillit de la maison et lui sauta dessus, l'écartant brusquement de Patience. La seconde suivante, un poing s'écrasait sur sa figure.

Encore étourdi par les sensations qui tourbillonnaient en lui, James ne put parer le coup. Il bascula en arrière et heurta le sol, sans trop comprendre ce qui lui arrivait. Ses seules certitudes étaient que sa pommette l'élançait, qu'une douleur vive pulsait dans son crâne, et que Patience criait non loin de lui.

— Mais qu'est-ce qui te prend, espèce d'idiot !

— Pourquoi l'as-tu laissé t'embrasser ?

— Ça suffit, Colin !

— Dès que je l'ai vu, j'ai compris qu'il te draguait !

— Quoi ? Qu'est-ce que tu...

— Arrête ! Il a des vues sur toi, je l'ai lu dans son regard.

Le garçon était surexcité, contrairement à Patience qui gardait un calme olympien. Elle semblait réfléchir à ce qu'il venait de lui dire.

— Comment me regarde-t-il ? demanda-t-elle, pensive.

— Tu sais bien ce que je veux dire ! répliqua Colin. Il ne te quitte pas des yeux, ne me dis pas que tu ne l'as pas remarqué. Bon sang, Patience ! Il est beaucoup trop vieux pour toi ! Il pourrait être ton père !

— Ne sois pas ridicule. Il n'a que dix ans de plus que moi.

— Au moins quinze, tu veux dire ! Oh, Patience, pourquoi l'as-tu laissé t'embrasser ? répéta le garçon avec un soudain désarroi.

— Colin, tu dois comprendre une bonne fois pour toutes que je ne t'appartiens pas. Je n'ai pas à te demander la permission avant d'embrasser quelqu'un.

— Tu es ma petite amie ! Tu ne sors jamais avec d'autres hommes.

— Parce que je n'ai pas le loisir d'en rencontrer !

Patience n'avait pas exagéré la dernière fois en déclarant que Colin était agressif. Le coup de poing qu'il avait décoché à James était d'une vigueur surprenante chez quelqu'un d'aussi maigrichon. Humilié, ce dernier se remit sur pieds. Dieu merci, personne n'avait été témoin de la scène... hormis Patience, ce qui était déjà assez mortifiant en soi !

Recouvrant sa lucidité, James vit la jeune femme se précipiter vers lui.

— Comment vous sentez-vous ?

— C'est seulement maintenant que vous vous en souciez ! répliqua-t-il, acerbe. J'aurais pu me fracasser le crâne contre le perron, et vous, vous ne pensez qu'à vous disputer avec votre petit ami.

— Ne recommencez pas ! Ce n'est pas moi qui vous ai frappé.

Elle n'avait pas nié que Colin soit son petit ami. Bien entendu, c'était l'évidence même.

— Je le savais ! grommela James avant de retourner sa fureur contre le garçon : il m'a attaqué par surprise, sans me laisser le temps de me défendre. Il n'aura pas autant de chance la prochaine fois !

James était hors de lui, prêt à se colleter avec Colin et à l'étendre pour le compte. Vivement, Patience s'interposa entre eux deux.

— Ne soyez pas stupide, vous aussi ! lança-t-elle à James. Voyons, à votre âge, vous devriez être plus raisonnable.

Il serra les dents. Pourquoi diable faisait-elle toujours allusion à son âge ?

— Je ne suis pas encore à la retraite ! riposta-t-il.

— Colin, excuse-toi auprès de M. Ormond.

— Certainement pas ! Je ne regrette rien. Seulement de ne pas avoir cogné plus fort !

— Essaie de recommencer, et tu verras ! dit James d'un ton menaçant.

Il savait bien qu'il se conduisait de façon aussi puérile que le garçon, et pourtant il ne parvenait pas à se maîtriser.

— Je n'ai pas peur de vous ! assura Colin en se mettant en garde tel un boxeur sur le ring.

— Colin, rentre chez toi ! lui ordonna Patience.

Déstabilisé, le garçon parut sur le point d'éclater en sanglots.

— Mais, Patience... c'est ta soirée d'anniversaire ! Tu m'as invité..., balbutia-t-il.

— Alors comporte-toi en adulte ! Si tu te bats avec M. Ormond, tu vas gâcher mon anniversaire.

— Renvoie-le lui, pas moi ! De toute façon, personne ne souhaite sa présence ici.

— Si, sa mère. Et je te rappelle que c'est également son anniversaire. Colin, ajouta-t-elle en souriant et d'un ton radouci, tu aimes bien Mme Ormond, tu ne voudrais pas lui faire de la peine aujourd'hui, n'est-ce pas ?

James les observait en fulminant intérieurement. Pourquoi gaspillait-elle ses sourires si ensorcelants avec ce gamin obtus qui, manifestement, ne savait pas les apprécier ?

A cet instant, Emmy accourut, inconsciente de l'ambiance électrique qui régnait entre les adultes.

— Alors, monsieur James, tu viens ? Tout le monde t'attend. Tu as vu ma nouvelle robe ? Elle est belle, hein ?

— Très belle. Elle te va très bien.

James était sincère. La seule vue d'Emmy suffisait à lui réchauffer le cœur. La robe de taffetas rose fuchsia aurait dû jurer avec les boucles rousses de la fillette, et cependant elle était adorable.

— C'est la première fois que je la mets. Ecoute !

Elle tournoya sur elle-même, faisant voleter le jupon qui se mit à bruisser. James se pencha pour l'embrasser.

— C'est super ! Comme ta coiffure, affirma-t-il en désignant les deux courtes couettes retenues par des rubans roses.

— C'est votre mère qui lui a cousu cette robe, déclara alors Patience. C'était très gentil de sa part de se donner autant de mal.

— Ruth m'a dit de choisir la couleur, et j'ai choisi le rose, précisa Emmy. J'adore le rose !

— Tu ressembles à un gros tas de gelée tout rose ! lui lança Tom qui venait de les rejoindre.

Emmy se précipita sur lui pour le marteler de ses poings serrés. Tom la repoussa sans effort, et elle heurta James qui la retint d'une main, tout en dévisageant Tom avec sévérité.

— Les garçons ne doivent pas user de la force avec les filles ! décréta-t-il, péremptoire.

Surprenant le regard narquois que Patience posait sur lui, il se remémora leur première entrevue plutôt houleuse, et l'intervention musclée des vigiles. Le visage de Patience était si expressif qu'on ne pouvait se tromper sur le contenu de ses pensées. A moins que lui aussi ne soit devenu devin ?

— C'est elle qui m'a frappé en premier ! protesta Tom.

— Normal, tu l'as insultée.

— Hein, je ne ressemble pas du tout à de la gelée ? fit Emmy, quémandant l'appui de James.

— Non, tu es superbe.

De nouveau, il croisa le regard de Patience, prêt à affronter son ironie. Mais elle lui souriait, et il sentit sa gorge se nouer brusquement sous le coup d'un plaisir intense. Ce sourire merveilleux, cette fois, c'était à lui qu'elle l'adressait. Il avait l'impression d'être illuminé par un arc-en-ciel.

Qui lui avait souri dans sa vie avec une telle chaleur ? Certainement pas Fiona, qui plissait ses lèvres brièvement lorsque la courtoisie le requérait, ou bien lorsqu'elle voulait arborer une moue sensuelle, ou encore quand elle devenait sarcastique. Mais cette gentillesse, cette sincérité... Non, personne ne lui prodiguait ce genre d'attentions dont il était sevré depuis si longtemps.

— Il commence à faire frais dehors, fit remarquer Patience. Venez, le buffet est déjà ouvert.

— Et moi ? Puis-je venir ? s'enquit Colin d'un ton suppliant.

— Présente d'abord tes excuses à M. Ormond.

— Pas question ! De toute façon, s'il vient à la fête, je n'ai pas envie d'être là !

Comme il s'éloignait à grandes enjambées, Patience poussa un petit soupir.

— Et maintenant, il va bouder pendant des jours !

prophétisa-t-elle. Bon, entrez. Je vais soigner votre pommette.

James ramassa le sac contenant les cadeaux avant de suivre la jeune femme, admirant au passage sa démarche fluide et ses longues jambes galbées révélées par sa robe légère. Patience incarnait vraiment le printemps à ses yeux.

— Votre robe aussi est très jolie, dit-il d'une voix enrouée.

Elle lui jeta un coup d'œil par-dessus son épaule, sourit derechef, et son visage à la géométrie délicate prit une beauté presque surnaturelle.

— C'est aussi l'œuvre de votre mère, déclara-t-elle. D'ordinaire, je suis presque toujours en jean. Ou en jupe. C'est pratique et moins cher. Mais quand Ruth a découvert que je n'avais rien de plus habillé à me mettre pour mon anniversaire, elle a insisté pour me confectionner cette robe et me l'offrir en guise de cadeau.

— J'ignorais qu'elle avait ces talents de couturière.

En fait, il ignorait à peu près tout de sa mère.

— Elle se sert de notre vieille machine à coudre. C'est un miracle que Joe ait réussi à la réparer ! Et, depuis, votre mère coud des vêtements pour toute la maisonnée. Elle a l'air d'aimer ce travail, même si elle ne peut demeurer assise très longtemps à cause de son arthrite. Mais ses articulations gonflent encore plus lorsqu'elle reste inactive, aussi je pense que c'est plutôt bénéfique pour elle. Beaucoup plus bénéfique, en tout cas, que de passer toute la journée à regarder la télévision ou à écouter la radio. J'encourage tous mes hôtes à s'adonner à un passe-temps, comme la peinture ou le jardinage. Cela les aide à se sentir autonomes.

— Et vous ? Avez-vous du temps pour vous ?

— Pas beaucoup ! avoua-t-elle avec une petite grimace.

Ils pénétrèrent dans la salle à manger, et tous les visages se tournèrent dans leur direction, souriants.

— Bonsoir, comment allez-vous ? lança James en dépit du souvenir cuisant que lui avait laissé son départ précipité, la dernière fois qu'il était venu dans cette maison.

Les hôtes, qui adoraient visiblement papoter entre eux, devaient tous être au courant de ses relations avec sa mère. Ils devaient savoir qu'il était parti en claquant la porte.

Pourtant personne ne parut lui faire grise mine.

— Bonsoir ! répondirent-ils en chœur.

Les enfants avaient placé la cage sur la vieille commode en chêne, à côté d'une pile d'assiettes et d'une immense corbeille de fruits frais. Les canaris pépiaient gaiement.

— J'espère qu'ils ne vont pas vous gêner, dit-il à l'intention de Patience.

— Ils sont adorables. N'est-ce pas, vous autres ? lança-t-elle aux enfants qui hochèrent la tête avec conviction.

— Adorables ! acquiesça une vieille dame. J'adore leur gazouillis. C'est si gai !

— J'ai un couple de mainates dans ma chambre, expliqua Lavinia. Vous devriez les entendre ! C'est mon mari qui leur a appris à parler, et comme il avait tendance à s'énerver facilement, leurs propos ne s'adressent pas toujours à de jeunes oreilles ! Le plus étonnant, c'est qu'Alphonse est mort depuis deux ans, et que les mainates se souviennent toujours de ce qu'il leur a enseigné.

Emmy entraînait déjà James vers la table.

— Tu vas t'asseoir près de moi, décida-t-elle.

Docile, il prit une chaise, et ce ne fut qu'une fois installé qu'il se rendit compte que sa mère était placée à côté de lui.

— Merci d'être venu, James, lui dit Ruth avec douceur. Cela me fait très plaisir.

L'espace d'un instant, il resta sans voix, ne sachant que répondre. Puis, heureusement, il se souvint des cadeaux et déposa celui qui était décoré d'une faveur verte devant sa mère.

— Joyeux anniversaire !

Dans la salle, les conversations cessèrent. Rose de surprise, Ruth Ormond s'empara du paquet de ses doigts tremblants. Pour la première fois, James remarqua ses phalanges déformées par l'arthrite. Lors de leur dernière rencontre, il avait juste noté qu'elle ne portait plus de bagues.

— Laisse-moi faire, dit-il.

Il lui prit le paquet des mains pour dénouer habilement le ruban, avant de le lui rendre.

Ruth découvrit le célèbre boîtier noir et or. Puis elle leva ses yeux embués de larmes vers James.

— Tu t'es souvenu du nom de mon parfum préféré ! dit-elle d'une voix enrouée. Je ne l'ai pas porté depuis des années. Je ne pouvais plus m'offrir ce luxe.

James fut surpris, car il était presque sûr d'avoir reconnu l'odeur si particulière dans la chambre de sa mère, l'autre soir. Comme celle-ci se débattait avec le ruban de l'autre cadeau, il s'empressa de l'aider. Pendant ce temps, Ruth se servit du cabochon du flacon pour se tamponner délicatement le cou et le creux des poignets. James ne put s'empêcher de pousser un soupir quand la fragrance fleurie l'enveloppa.

— C'est si merveilleux de le sentir de nouveau ! s'écria Ruth en humant délicatement l'un de ses poignets. Tu t'en souviens, James ?

— Oui.

Dans son esprit, sa mère était toujours associée à cette odeur. Voilà pourquoi il avait cru la sentir dans sa chambre. La façon dont fonctionnait l'esprit humain était décidément curieuse. Sa mémoire et son imagination s'étaient liguées pour créer cette illusion.

— Il y a un deuxième cadeau ! souligna Emmy qui tendait le cou pour lorgner l'objet entre les mains de James.

James déplia lui-même le foulard, et le visage de sa mère s'illumina.

— Oh, il est magnifique ! s'exclama-t-elle en saisissant le carré de soie de ses mains noueuses pour le presser contre sa joue. J'adore cette couleur ! Je vais le mettre tout de suite.

James se leva et, passant derrière sa mère, arrangea le foulard sur ses frêles épaules.

— Merci beaucoup, James.

— Oh, j'allais oublier la carte ! Tiens...

Il se rassit tandis qu'elle admirait l'image imprimée au recto, avant de lire le mot inscrit au verso.

Emmy louchait sur les autres cadeaux qui pointaient hors du sac.

— Et ça, c'est pour qui ? demanda-t-elle.

Conscient que tous les regards étaient braqués sur lui, James se racla la gorge.

— Oh oui... Hum, j'avais oublié. Joyeux anniversaire, Patience.

La jeune femme afficha un air stupéfait tandis qu'il poussait les deux paquets vers elle.

— Vous n'étiez pas obligé... Je veux dire, c'est très gentil, balbutia-t-elle.

Avec une certaine satisfaction, il se rendit compte qu'elle était décontenancée. Juste retour des choses !

— Ouvre-les, Patience ! la pressa Emmy.

Soigneusement, Patience déballa le flacon de parfum.

— C'est le même que celui de Ruth, fit remarquer Emmy, toujours prête à souligner l'évidence.

— Oui, je... je crains de n'avoir guère d'imagination, dit James d'un ton d'excuse. Mais s'il ne vous plaît pas, je peux l'échanger contre un autre.

Patience souleva le cabochon et, yeux mi-clos, respira l'odeur délicate.

— Mmm, c'est merveilleux ! déclara-t-elle. Je n'ai jamais eu de parfum français. Ils sont trop chers pour moi. Merci beaucoup, James.

— Il y a aussi un foulard pour vous, confessa-t-il. Comme je vous l'ai dit, je n'ai pas beaucoup d'imagination.

Levant les yeux sur la somptueuse chevelure d'un roux ardent, il fut soudain pris d'un doute affreux. Peut-être aurait-il dû donner le rose à sa mère et le vert à Patience ?

— C'est une couleur si jolie ! soupira Patience en froissant le tissu arachnéen entre ses doigts fins. Je n'ose jamais porter de rose, alors que j'en meurs d'envie. Comment l'avez-vous deviné, James ? Les rousses ne sont pas censées porter du rose, aussi personne ne m'en offre jamais. Vous croyez que je peux le mettre avec cette robe ? demanda-t-elle en levant sur lui un regard hésitant.

— Bien sûr ! répondit Emmy avec enthousiasme.

Patience enroula deux fois le tissu autour de son cou, laissa flotter un pan dans son dos, puis se tourna vers sa jeune sœur.

— Alors ? demanda-t-elle.

— Super ! Génial !

— Vraiment ?

— Croix de bois, croix de fer, si je mens je vais en enfer ! Et puis, on s'en fiche de ce que pensent les autres. Moi, j'adore le rose avec les cheveux roux.

— Moi aussi.

L'air le plus sérieux du monde, les deux sœurs se dévisageaient, plus unies que jamais.

— Qu'en dites-vous ? demanda enfin Patience en se tournant vers James.

— C'est superbe. Exactement la couleur de votre rouge à lèvres.

Au milieu de sa phrase, il sentit l'effroi l'envahir à l'idée que son ton allait trahir ce qu'il éprouvait chaque fois que son regard se posait sur cette bouche rose et pulpeuse, si tentatrice...

— Quand est-ce qu'on mange ? grogna Tom.

— Oui, je crève de faim, moi ! renchérit Joe.

— Vous n'avez qu'à réciter le bénédicité, lui rétorqua Patience avec l'un de ses charmants sourires.

— Moi ? Mais pourquoi moi ? protesta le vieil homme. Ce devrait être vous, puisque c'est votre anniversaire. Ou bien Ruth...

Coupant court à la discussion, Ruth récita le bénédicité sans se faire prier. Ensuite, chacun piocha dans les plats de petits sandwichs triangulaires fourrés de crudités ou de fromage.

— On nous affame ! marmonna Joe en enfournant trois toasts d'un coup. Ces trucs s'avalent en une seule bouchée !

— Ce sont des amuse-bouches, objecta Lavinia. Ne vous

en empiffrez pas, il y a encore plein d'autres surprises délicieuses.

Elle disparut dans la cuisine et revint peu de temps après avec un plateau de muffins et de beignets. Ensuite vinrent de petites saucisses-cocktail et des œufs pochés recouverts de panure et accompagnés d'une salade verte. Il y avait également des douceurs : des gelées multicolores et translucides, régal des enfants, un fromage blanc parfumé à la banane, de la tarte à la framboise, des biscuits au chocolat et de petits cakes individuels. Finalement, on apporta un énorme gâteau d'anniversaire surmonté de bougies allumées, sur lequel Lavinia avait écrit au glaçage rose : « Joyeux Anniversaire ! ».

Patience et Ruth Ormond soufflèrent ensemble les bougies, et tout le monde applaudit en chantant « *Happy Birthday* ».

Une fois le thé servi, on joua à des jeux de société. Les personnes âgées prenaient leur temps, bavardaient en riant, et le vieux Joe n'arrêtait pas de tricher, à la grande indignation de Lavinia.

Quand le jeu prit fin, Ruth Ormond choisit d'aller se coucher.

— Cette soirée a été merveilleuse, déclara-t-elle à son fils. Mais je suis épuisée, je vais rejoindre ma chambre.

James remarqua combien elle était pâle sous son maquillage.

— Veux-tu que je t'aide à monter l'escalier? proposa-t-il, soudain inquiet.

Elle secoua la tête en souriant et, d'un mouvement spontané, lui déposa un baiser sur la joue.

— Bonsoir, James. Et merci pour ces magnifiques cadeaux.

Patience se leva pour accompagner la vieille dame, et James les suivit jusque dans le vestibule.

— Puis-je appeler un taxi ? demanda-t-il. Il est temps que je rentre.

— Oui, allez-y, acquiesça Patience.

Il venait de raccrocher quand elle réapparut quelques minutes plus tard.

— Comment va-t-elle ? demanda-t-il, surpris par sa propre anxiété.

— Bien, quoiqu'elle soit un peu fatiguée. Elle a apprécié cette journée, et votre présence l'a enchantée. Elle avait tellement peur que vous ne veniez pas !

Il sentit la vieille douleur s'éveiller au creux de sa poitrine, serra les poings machinalement.

— J'ai failli me décommander, admit-il. Du reste, que peut-elle donc espérer ? Elle a disparu de ma vie quand j'avais dix ans, en me laissant en connaissance de cause avec un père totalement indifférent. Elle savait parfaitement quelle enfance misérable m'attendait. Comment pourrait-elle exiger vingt-cinq ans plus tard que j'efface le passé et que je lui pardonne ?

— Vous n'êtes plus un petit garçon, répliqua Patience avec humeur. Et ces événements sont loin derrière vous maintenant. Vous devriez avoir appris à les dépasser. La pauvre Ruth est si seule et malade ! Elle a besoin de vous.

— Elle a abdiqué son rôle de mère il y a des années. C'était son choix, pas le mien.

— Offrez-lui une deuxième chance.

— Pourquoi le devrais-je ?

La douleur et la colère devenaient si intenses qu'il suffoquait. Le visage de Patience ne reflétait que de la froideur et du dédain.

— Oui, elle a bien tort d'attendre un peu de chaleur humaine de votre part ! jeta-t-elle. Comment espérer émouvoir une pierre ? Mais Ruth est âgée et elle a peur de mourir. Alors elle s'accroche à ses illusions. Si je ne lui conseille pas d'abandonner tout espoir, c'est par pitié, pour ne pas la blesser. Car il n'y a pas une once de compassion chez vous !

La rage gonfla le torse de James. Il respirait bruyamment, les poings serrés, tout en fusillant la jeune femme du regard. De quel droit lui parlait-elle ainsi ? Pensait-elle vraiment ce qu'elle venait de dire ?

Bien sûr, il n'était guère enclin à la compassion. Son père ne l'avait pas élevé en favorisant chez lui cette qualité. Dernièrement pourtant, il avait changé... En fait, depuis le jour où Patience avait fait irruption dans son bureau, sa vie avait basculé. Mais il avait été fou de se laisser accrocher par cette fille qui était beaucoup trop jeune pour lui et qui avait, de toute façon, un petit ami de son âge.

Il n'était pas stupide, il savait bien que Patience l'avait manipulé en profitant de l'attirance qu'elle exerçait sur lui. Elle s'en était forcément rendu compte ! Oh, bien sûr, elle avait agi ainsi pour ce qui lui semblait une juste cause. Elle s'était mis en tête d'aider Ruth et, étant femme, elle s'était servie de ses atouts naturels afin de l'amadouer et de mieux le circonvenir...

Dans le regard d'ambre de Patience brillait une colère égale à la sienne. Elle ne ressentait aucune sympathie pour lui, même s'il avait tenté de se persuader du contraire. En réalité, elle le méprisait.

Cette idée lui faisait mal. D'ordinaire, il ne se préoccupait pas de ce que les gens pensaient de lui. Encore une chose qui avait changé. Il y a une semaine seulement, il se serait défini comme un homme de caractère, dur, sûr de lui. Aujourd'hui, il n'avait que trop conscience de ses faiblesses, des faiblesses qui risquaient de le détruire s'il n'y mettait le holà.

— Vous allez peut-être cesser de m'importuner, maintenant ? lança-t-il d'un ton acide.

— Ne vous inquiétez pas, je ne vous dérangerai plus !

Ils s'affrontaient du regard, et étaient si concentrés l'un sur l'autre qu'ils sursautèrent en entendant un coup de Klaxon au-dehors. Le taxi était arrivé.

Patience prit une profonde inspiration.

— Au revoir, dit-elle d'une voix dénuée d'émotion.

James se détourna, ouvrit la porte, et remonta l'allée en direction du portail. Il donna son adresse au chauffeur et se garda bien de jeter un regard en arrière lorsque le taxi s'éloigna sur la route.

C'était la dernière fois qu'il mettait les pieds dans cette maison. Jamais il ne reverrait Patience.

Une douleur fulgurante lui transperça le cœur. « Jamais » ! Ce mot symbolisait un désert affectif dans lequel il était emprisonné depuis l'enfance, depuis ce jour funeste où son père lui avait annoncé qu'il ne reverrait plus sa mère. De nouveau, cette solitude étouffante se refermait sur lui.

Mais, cette fois, c'était lui-même qui se l'infligeait.

6.

Environ une semaine plus tard, James rencontra Fiona par hasard à un cocktail donné par une grande institution bancaire américaine qui avait une agence à la City. Autrefois, il n'y aurait guère eu que des hommes dans ce type de réception, mais cette époque était révolue, et James ne fut donc nullement surpris d'apercevoir Fiona à l'autre bout de la salle.

Elle discutait avec un groupe d'hommes bien plus âgés qui ne parvenaient pas à détourner leurs regards d'elle. Avec sa bouche incarnat, ses paupières teintées d'une ombre bleu argent et soulignées de noir, elle ressemblait à une blonde Cléopâtre dont la silhouette longiligne était moulée dans un fourreau noir.

James, qui parlait avec un de ses clients, hésita. Devait-il aller la trouver, ou bien la laisser venir à lui ? D'un point de vue tactique, la deuxième solution était la meilleure. Il n'était pas du genre à courir se jeter aux pieds des femmes.

De plus, depuis qu'il avait quitté la maison de Patience, il était irritable et déprimé. Tout le monde avait remarqué sa morosité. Barny et Enid n'arrêtaient pas de le regarder bizarrement, Mlle Roper le considérait avec méfiance chaque fois qu'il ouvrait la bouche, et la petite assistante blonde s'enfuyait, épouvantée, dès qu'il apparaissait dans son champ de vision.

James avait noté que cette dernière portait désormais une bague de fiançailles. Il en avait conclu qu'elle se marierait bientôt avec un malheureux quelconque et que, Dieu merci, elle déserterait sous peu ses bureaux. Vain espoir, que Mlle Roper s'était empressée de faire voler en éclats :

— Ils ne se marieront pas avant l'année prochaine, lui avait-elle appris. De toute façon, elle n'envisage pas d'arrêter de travailler. Qui peut se le permettre de nos jours ? Elle prendra peut-être un mi-temps quand elle aura un enfant, mais la maternité n'entre pas dans ses projets immédiats.

— Tant mieux. Elle a déjà du mal à faire le café, je n'ose imaginer la façon dont elle s'occuperait d'un bébé ! avait répliqué James, hargneux.

— Vous avez vraiment besoin de vacances, monsieur. A ce propos, j'ai recherché la période la plus propice. Le mois prochain est plutôt chargé, mais si vous acceptez de déléguer...

— Non, j'ai changé d'avis. Je ne pars plus, finalement.

— Mai serait pourtant le mois idéal. Vous n'avez que deux rendez-vous importants, qu'il est tout à fait possible de reporter.

— J'y réfléchirai..., avait-il marmonné.

Peut-être pouvait-il partir à l'étranger, passer huit jours sur une plage, à se dorer au soleil sans penser à rien ? Et surtout pas à Patience, ni à sa mère ! Cela faisait des jours qu'il s'efforçait de les chasser de son esprit, en pure perte. Le visage délicat de Patience, avec sa crinière de boucles rousses, sa bouche pulpeuse et ses incroyables yeux couleur d'ambre le hantait jour et nuit.

— Bonsoir, James.

La voix de Fiona le tira de sa rêverie. Le ton coupant comme de la glace le surprit.

— Oh, euh... bonsoir, Fiona. Quelle toilette élégante ! Le noir te sied à ravir.

Sa propre voix sonnait-elle vraiment aussi faux, ou se faisait-il des idées ? Il avait dû se forcer pour débiter ce compliment banal, et cependant Fiona était vraiment superbe. Le noir accentuait sa blondeur et la clarté de son teint.

Elle lui sourit, et ses longs cils noirs papillonnèrent sur ses joues d'albâtre.

— Merci, répondit-elle. Comment vas-tu ? Je ne t'ai pas vu depuis une éternité.

— C'est vrai. Mais tu m'avais dit que tu serais très occupée durant l'absence de ton père. Quand rentre-t-il ?

— Il est de retour depuis ce matin.

— Comment s'est passé son voyage ? A-t-il pris du bon temps ?

— Ce n'était pas le but, objecta Fiona avec un petit sourire. Il a réussi à s'entretenir avec toutes les personnes qu'il comptait voir, et je crois que le déplacement en valait la peine. Tu n'as pas l'air dans ton assiette, James. Tu as des problèmes ?

Il fut saisi de la folle impulsion d'avouer toute la vérité : « Oui, je me sens horriblement mal ! Je ne cesse de m'emporter pour un rien, je ne dors plus la nuit, mon travail m'ennuie... »

Mais Fiona poserait ensuite les questions inévitables : « Pourquoi ? Que se passe-t-il ? ». Et que répondrait-il ?

Avec un petit rire crispé, il haussa les épaules.

— Ma secrétaire prétend que je travaille trop et que j'ai besoin de vacances, rétorqua-t-il.

— C'est vrai que tu ne te ménages guère. Quand vas-tu prendre un peu de repos ?

— Pas avant un certain temps, en tout cas. Mon agenda est plein pour les mois prochains.

— C'est pareil pour moi.

Fiona consulta sa montre.

— Bon, je dois m'éclipser, déclara-t-elle. Je dîne avec un client. Au revoir, James.

— Nous pouvons dîner ensemble, maintenant que ton père est de retour, s'entendit-il proposer au moment où elle se détournait.

Elle lui lança un regard curieux à travers ses cils, comme si elle doutait de sa sincérité.

— Si tu veux, acquiesça-t-elle enfin. Appelle-moi.

— Pourquoi pas demain soir?

— Demain soir? Voyons... Oui, il se trouve que je n'ai rien de prévu.

— Je passerai te chercher à 19 heures. Où aimerais-tu dîner?

— Je te fais confiance pour le restaurant. Alors à demain soir, James. Désolée, mais je suis déjà en retard.

James la regarda s'éloigner de sa démarche gracieuse. Il n'était pas le seul homme à la suivre des yeux. Plusieurs têtes se tournèrent sur le passage de la jeune femme à la silhouette de mannequin. Elle était très désirable et en avait conscience. Elle savait parfaitement user de son charme pour obtenir ce qu'elle voulait. James se souvint du sourire entendu de sir Charles l'autre jour. Celui-ci l'avait traité de veinard, persuadé que Fiona était sa maîtresse. La vérité l'aurait stupéfait.

Fiona était une déesse de glace, superbe mais réfrigérante. Elle était aussi âpre qu'un homme en affaires, ne songeait qu'à l'argent et à la réussite sociale. Ces deux seuls critères lui suffisaient pour juger de la valeur d'un homme. Le charme, l'humour n'étaient que des détails à ses yeux.

Manifestement, elle ne brûlait pas de désir pour lui, mais lui portait-elle au moins des sentiments sincères?

De toute façon, James ne comprenait rien aux femmes. Fiona, Patience, sa mère, Mlle Roper, Enid, et même la petite blonde écervelée du bureau étaient autant d'énigmes qui le plongeaient dans un abîme de perplexité.

D'ailleurs, se comprenait-il lui-même? Pourquoi fréquentait-il Fiona? Il n'était pas amoureux d'elle. Il admirait certes son physique, appréciait le sentiment de jalousie qu'il déclenchait inévitablement chez les autres hommes quand il entrait dans une pièce au bras d'une telle beauté. Pourtant il ne l'aimait pas.

Fiona avait des relations influentes, elle savait briller en société, tenir à merveille son rôle d'hôtesse. Très à l'aise dans les mondanités, elle représenterait un atout non négligeable dans la carrière de James. L'épouse idéale pour un homme ambitieux...

Néanmoins leurs relations manquaient singulièrement de chaleur.

Alors pourquoi l'avait-il invitée demain soir ? Pour flatter son ego, une fois de plus ? Parce qu'elle lui avait semblé distante et qu'il craignait de se retrouver seul, une fois de plus ?

Non, la réponse n'était ni aussi stupide ni aussi simple. Il essayait tout bonnement de retrouver sa vie normale, de redevenir l'homme qu'il était avant.

Avant quoi ?

Irrité contre lui-même, il serra les dents. Puis, prenant sa décision, il quitta la salle de réception et alla rejoindre Barny qui l'attendait dans le parking.

— A la maison, monsieur ?

James hocha la tête sans dire un mot. Dans le silence de l'habitacle, il se laissa de nouveau envahir par ses pensées. Patience, bien sûr ! C'était elle qui avait bouleversé sa vie du jour au lendemain. Avant sa rencontre avec elle, son existence était tranquille, routinière, ennuyeuse...

De nouveau, il se cabra contre lui-même. Ennuyeuse, sa vie ? Allons donc ! Il travaillait dur, était estimé dans sa profession, avait un avenir brillant devant lui, une petite amie magnifique... Qu'est-ce qu'un homme pouvait désirer de plus ? Il devait absolument retrouver cette vie-là. Pourquoi ne serait-ce pas possible ?

Oubliant Barny, il émit un grognement dépité en fermant les yeux. En fait, il savait parfaitement qu'il était dans la situation d'un homme en train de se noyer et qui tente désespérément de se raccrocher à un brin d'herbe. En l'occurrence, Fiona était ce brin d'herbe. Pourtant elle ne le sauverait pas. Il ne l'aimait pas assez pour cela. Avec ou sans elle, il allait s'enfoncer dans les eaux noires et profondes de la solitude...

— Vous avez une rage de dents, monsieur ? s'enquit Barny.

James tressaillit et ouvrit les yeux.

— Non, je... je réfléchissais.

Ne pouvait-il se livrer à un semblant d'introspection sans être épié, surveillé, jugé ?

— Donc, nous n'allons pas à Muswell Hill ce soir ? reprit Barny d'un ton égal.

— Certainement pas. Il n'est pas question d'y retourner.

— Ah.

— Quoi, « Ah » ?

— Je n'ai rien dit, monsieur.

Quelques instants plus tard, James s'engouffrait dans sa maison de Regent's Park.

Dans sa chambre ce soir-là, debout devant la fenêtre ouverte, il fixa un long moment le velours bleuté de la nuit. Au lointain retentissaient les bruits familiers de la ménagerie du parc : les rugissements des lions, les cris des singes, des bruissements d'ailes. On eût dit que ce quartier élégant où vivait la bonne société londonienne formait un labyrinthe autour d'une jungle secrète.

Enfant, il redoutait toujours que les animaux ne s'échappent du zoo et jaillissent dans sa chambre pour le mettre en pièces. Oui, toute sa vie, il avait eu le sentiment de vivre dans une jungle hostile. Cette insécurité permanente le déserterait-elle un jour ?

Frissonnant à cette idée, il se détourna de la fenêtre, tira les rideaux, puis se déshabilla et se glissa dans son lit, sachant avant même d'avoir éteint la lumière qu'il ne dormirait pas, ou que, s'il y parvenait, il sombrerait dans d'affreux cauchemars qui le laisseraient épuisé au petit matin.

Les paupières rougies, l'humeur massacrante, il retourna travailler le lendemain et se montra parfaitement odieux avec son personnel.

Mlle Roper réagit enfin au moment de quitter les locaux et le prit par surprise.

— Vous vous vengez sur nous, mais ce n'est pas notre faute, monsieur Ormond, protesta-t-elle.

— De quoi voulez-vous parler ? marmonna-t-il sans lever les yeux de la pile de dossiers qui encombraient son bureau.

— De ce qui vous a changé en monstre. Nous ne sommes pas responsables de votre malheur. C'est injuste de vous en prendre à nous.

— Mon malheur ? Mais qui a dit que j'étais malheureux ?

— C'est évident ! Si vous étiez une femme, vous auriez éclaté en sanglots depuis longtemps.

— Dieu merci, ce n'est pas le cas ! Les femmes pleurnichent pour un rien. J'ai même vu cette blonde évaporée pleurer parce qu'elle s'était cassé un ongle !

— Vous en auriez fait autant si vous aviez passé des mois à les faire pousser, à les manucurer, et à les vernir.

— De toute façon, je n'ai jamais compris comment on pouvait travailler correctement avec des griffes écarlates au bout des doigts !

Mlle Roper darda sur lui son regard perspicace.

— Pourquoi ne ravalez-vous pas votre fierté ? Rappelez cette fille.

— Ma vie privée ne vous concerne pas ! Mais sachez que j'emmène ce soir Mlle Wallis au restaurant, alors cessez de vous apitoyer sur mon sort.

— Mlle Wallis ? Vous savez bien que je ne parle pas d'elle. Vous n'êtes pas faits l'un pour l'autre.

— Bon-soir, ma-de-moi-selle Ro-per ! articula James d'un ton menaçant.

Elle comprit le message et quitta le bureau sans rien ajouter. James demeura seul, plus tendu que jamais. Etait-il à ce point transparent aux yeux du personnel ? Les employés cancanaient-ils tous sur lui dès qu'il avait le dos tourné ?

Il tenta de se remettre au travail, mais son cerveau refusait de fonctionner. Au bout d'une minute, il gagna le parking où Barny l'attendait. De retour à Regent's Park, il se doucha, et finissait de sécher ses cheveux à l'aide d'une serviette quand un coup discret fut frappé à la porte de la chambre.

— Monsieur James, vous avez de la visite, fit la voix douce d'Enid derrière le battant.

James maugréa tout seul. Fiona avait-elle oublié qu'il devait passer la chercher chez elle ?

— C'est une certaine Mlle Kirby, précisa alors Enid.

James sentit un vertige le prendre. Le sang se mit à battre à ses tempes et, durant quelques secondes, la respiration lui manqua.

— Je descends dans une minute, dit-il lorsqu'il eut recouvré l'usage de la parole. Faites-la patienter dans le salon et offrez-lui un verre.

Les questions se bousculèrent dans son esprit tandis qu'il se donnait un rapide coup de peigne. Pourquoi Patience était-elle venue ? Il aurait aimé penser que c'était pour le plaisir de le voir, mais ce ne pouvait pas être le cas. Avec une autre femme il aurait pu tirer cette conclusion, mais pas avec Patience. Elle était trop différente. Non, il devait s'agir d'une urgence quelconque, mais quoi ? Quelque chose en rapport avec sa mère ? Son état de santé avait-il brusquement empiré ?

Et si jamais...

Il bloqua cette pensée, refusant d'envisager le pire. L'impatience le gagna. Tant pis s'il était en peignoir de bain, il ne pouvait attendre une minute de plus pour savoir !

Enfilant ses pantoufles noires, il s'élança hors de la chambre, faillit trébucher dans l'escalier tant l'angoisse le tenaillait.

Patience l'attendait dans le salon, un verre de vin blanc à la main. Le dos tourné à la porte, elle contemplait le portrait du père de James, peint quelque cinquante années plus tôt.

En la voyant, James eut l'impression d'être frappé par la foudre. D'un long regard il embrassa chaque détail de sa silhouette : le court pull vert foncé qui accentuait la finesse de sa taille, la jupe plissée blanche qui s'arrêtait aux genoux et dévoilait ses jambes fines.

Il sentit sa bouche devenir sèche et déglutit péniblement.

Elle était merveilleuse.

Elle portait autour du cou le foulard rose qu'il lui avait offert et qui, mêlé à sa somptueuse crinière rousse, donnait l'illusion que ses cheveux étaient semés de pétales de rose.

— Bonsoir, dit-il en espérant que sa voix ne trahirait pas son trouble.

Comme elle faisait volte-face et le regardait avec un petit sursaut, il se rappela tout à coup qu'il était en peignoir.

— Désolé, je sors de la douche... Je craignais qu'il ne s'agisse d'une urgence et...

— Je suis navrée, James, je ne vous apporte pas de bonnes nouvelles. Votre mère vient d'avoir une attaque cardiaque. Elle a été hospitalisée.

James eut l'impression que son sang se glaçait dans ses veines.

— C'est grave ?

Patience s'approcha de lui et l'obligea fermement à s'asseoir sur le canapé. Puis elle prit place à côté de lui.

— Vous n'allez pas vous évanouir, n'est-ce pas ? demanda-t-elle avec inquiétude.

— Non, bien sûr ! Mais répondez-moi. Va-t-elle mourir ?

— Ne dramatisez pas. Elle a été placée en observation, et les médecins veulent qu'elle se repose. Mais c'était plus qu'une alerte. A l'avenir, elle devra se montrer plus prudente.

Patience se pencha au-dessus de lui, la mine soucieuse, et repoussa une mèche de cheveux qui retombait sur le front de James.

— Vous vous sentez bien maintenant ? demanda-t-elle. Vous êtes devenu si pâle tout à coup. Il est évident que vous vous faites beaucoup plus de souci pour votre mère que vous ne voulez bien le laisser croire.

James était déchiré entre deux envies : se blottir contre la jeune femme, laisser la chaleur de son corps le réconforter ; et se protéger, masquer une fois de plus ses émotions, comme quand il était enfant.

— Ça va aller, prétendit-il. Mais j'ai besoin d'un verre. Pourriez-vous me servir un whisky ? Le bar est dans ce coin, là-bas...

Comme Patience se levait, il sentit son parfum l'envelopper et reconnut celui qu'il lui avait offert. Un vif plaisir l'envahit. Elle portait son foulard, son parfum, et ainsi il avait l'impression qu'elle lui appartenait un peu.

Elle se déplaça avec sa grâce tranquille, sa courte jupe voletant autour de ses jambes de faon. Comme c'était facile de l'imaginer vivant dans cette maison !

Mais pourquoi pensait-il à des choses qui ne se produiraient jamais ?

Il frissonna. En fait, il était anéanti par la nouvelle que Patience lui avait apportée. Sa mère avait frôlé la mort. Il se rendait compte à présent de ce qu'il éprouverait si jamais elle mourait. Depuis qu'elle avait refait irruption dans sa vie, il l'avait rejetée, s'était convaincu qu'il ne ressentait rien pour elle. Et maintenant, il était bouleversé de s'apercevoir qu'il se mentait depuis le début.

— Je ferais peut-être mieux de ne pas boire, déclara-t-il brusquement. Je vais aller tout droit à l'hôpital.

— Ils ne vous laisseront pas la voir ce soir, objecta Patience en saisissant une bouteille dans le minibar d'acajou. Elle est sous sédatif et doit dormir profondément à l'heure qu'il est. Vous lui parlerez demain matin.

— Quand a-t-elle eu son attaque ? Pourquoi n'ai-je pas été prévenu plus tôt ? Eh ! Ne remplissez pas le verre à ras bord ! ajouta-t-il en voyant la dose conséquente qu'elle était en train de lui servir.

Avec un sourire d'excuse, Patience remit un peu de liquide doré dans la bouteille.

— Désolée, je ne connais pas vos habitudes, dit-elle en revenant lui apporter le verre.

— D'ordinaire, je suis un homme très sobre.

Il avala néanmoins une bonne gorgée de whisky et sentit la chaleur réconfortante de l'alcool lui brûler la gorge et se répandre dans ses veines. Patience s'assit de nouveau à côté de lui et entreprit de lisser sa jupe sur ses genoux.

— Je suis désolée de ne pas vous avoir appelé plus tôt, déclara-t-elle. Tout s'est passé si vite ! Elle s'est effondrée il y a environ deux heures, et nous avons tout de suite appelé une ambulance. Ensuite je l'ai accompagnée aux urgences. Après, un cardiologue a voulu l'examiner et...

— Pourquoi n'avez-vous pas téléphoné de l'hôpital ? Elle aurait pu mourir !

— Je suis navrée, James, mais j'étais si inquiète que je n'y ai pensé qu'au moment de quitter l'hôpital. Puis j'ai songé qu'il valait mieux que je vous parle de vive voix.

— Mieux vaut tard que jamais ! bougonna-t-il, tout en ayant conscience de se montrer injuste.

Un coup d'œil à l'horloge du salon lui apprit qu'il était presque 19 heures. Il serait en retard chez Fiona. Sourcils froncés, il se leva.

— Pardonnez-moi, je dois passer un coup de téléphone. Je vais être en retard pour mon dîner de ce soir.

— Dans ce cas, je ferais mieux de partir tout de suite.

Elle se levait déjà quand James se pencha vers le téléphone posé sur le guéridon. Ils se cognèrent et Patience se raccrocha à son épaule afin de conserver son équilibre.

— Oh, pardon ! fit-elle en riant.

La ceinture du peignoir, qu'il avait nouée à la hâte, se défit et les pans du vêtement s'écartèrent brusquement. Patience se figea, et son teint délicat vira à l'écarlate.

— Oh... désolée ! bredouilla-t-elle, les yeux pudiquement baissés.

— Que se passe-t-il ? Vous n'avez jamais vu un homme nu auparavant ? ironisa-t-il pour masquer sa propre gêne.

Brusquement, brisant ses défenses, la passion flamba en lui. L'attirant contre lui, il chercha fébrilement ses lèvres, mais il la sentit si désemparée qu'il desserra aussitôt son étreinte. Pourquoi se tenait-elle si raide ? Etait-elle vierge ?

Oui, il aurait parié qu'elle n'avait jamais laissé un garçon la toucher.

Lui emprisonnant les mains, il les posa à plat sur son torse dénudé, tout en laissant échapper un gémissement de plaisir.

— Touchez-moi, murmura-t-il.

Comme hypnotisée, elle le dévisagea, les yeux agrandis, les lèvres légèrement entrouvertes. Il ne lui laissa pas le temps de reprendre ses esprits et captura de nouveau sa bouche, sentant ses lèvres tièdes et douces trembler puis s'abandonner. Sur sa peau nue, ses doigts fins frémissaient, comme si elle voulait se dégager, puis elle lui rendit timidement son baiser.

Un désir insensé s'empara de James. Son cœur battait si vite qu'il se sentait au bord du vertige. Il avait tellement envie d'elle qu'il aurait été capable de la renverser sur le tapis et de la posséder, ici, tout de suite. Patience ne pouvait plus ignorer maintenant le brasier qui le dévorait, elle n'était pas naïve à ce point. Pourtant, il devait faire attention à ne pas aller trop vite. La dernière chose qu'il souhaitait était de risquer de l'effrayer, de gâcher cet instant magique.

Ce fut elle qui s'écarta de lui, brusquement, en prenant une profonde inspiration, comme si elle manquait d'air. James fit courir sa bouche le long de son cou, se grisant de son odeur. Elle se cambra légèrement en arrière et, le corps en feu, il parcourut le creux de son décolleté de baisers brûlants tandis qu'elle soupirait.

S'enhardissant, mais s'attendant à ce qu'elle l'arrête, il glissa la main sous son pull et ses doigts trouvèrent enfin la chair tiède. Il fit aisément sauter l'attache de son léger soutien-gorge de soie et commença à caresser ses petits seins ronds et fermes.

Patience poussa une petite exclamation étouffée, mais ne protesta pas. De nouveau, il s'empara de sa bouche, tandis qu'elle lui passait les bras autour du cou et se pressait plus fort contre lui.

Il sentit la pointe de ses seins se durcir sous sa paume. Elle avait beau paraître très jeune, son corps était bien celui d'une femme et il brûlait de l'explorer tout entier. Cette pensée l'excita davantage et, la serrant contre lui, il insinua un genou entre ses jambes.

Patience se rejeta en arrière avec un petit cri, le repoussant de toutes ses forces. James refusa de la lâcher et ils tombèrent tous deux sur le canapé. Allongé sur ce corps souple, il crut devenir fou. En gémissant de désir, il retroussa son pull jusqu'à dévoiler les rondeurs laiteuses de sa poitrine. Comme il cherchait à y nicher son visage, elle se débattit franchement cette fois.

— Non, James ! Arrêtez !

Sa voix tremblante l'arracha à la transe qui le possédait.

Au prix d'un effort surhumain, il la libéra et se redressa, avant de fermer à la hâte les pans de son peignoir.

— Désolé, j'ai perdu la tête, murmura-t-il brièvement.

Patience se releva d'un bond et s'installa à distance respectable pour raccrocher tant bien que mal l'attache de son soutien-gorge. James la regarda faire, le souffle court, encore tremblant de désir. Un instant, il avait cru qu'elle aussi avait envie de lui, mais manifestement il s'était trompé. Elle n'éprouvait qu'indifférence à son égard.

La déception lui fit l'effet d'une douche glacée. Pourquoi diable l'avait-elle laissé aller si loin, alors ?

— Je ne voulais pas vous effrayer, désolé, marmonna-t-il en évitant de croiser son regard. Je... j'ai dû percevoir de mauvaises vibrations.

— De quelles vibrations parlez-vous ?

Il lui jeta un bref coup d'œil. Ses prunelles dorées semblaient plus brillantes qu'à l'accoutumée. Y avait-il des larmes dans ses yeux ? Ou était-elle simplement sous l'empire de la colère ?

— Oh, ça n'a pas d'importance ! répliqua-t-il.

— Pardonnez-moi, mais cela en a pour moi ! De quelles vibrations parlez-vous ?

— Oubliez ça, je suis désolé. De toute évidence, j'ai commis une méprise.

Quel euphémisme ! En fait, il venait de se ridiculiser devant la seule femme au monde qu'il souhaitât impressionner.

— Quelle méprise ? insista-t-elle.

Il haussa les épaules. Il n'allait certes pas lui avouer les sentiments qu'elle lui inspirait quand il ignorait tout des siens.

— Vous vous jetez toujours sur la première fille venue ? demanda Patience avec froideur.

— Bien sûr que non ! Qu'allez-vous imaginer ?

— Alors, pourquoi moi ?

Les prunelles d'ambre reflétaient de l'impatience, et aussi une autre émotion qu'il n'aurait su définir.

— Vous pensiez me plaire, James? Vous pensiez que j'avais envie de faire l'amour avec vous? Pourquoi m'avez-vous embrassée? Est-ce que moi, je vous plais?

Il se sentit soudain très abattu, stupide. Il ne souhaitait plus qu'une chose : qu'elle s'en aille pour qu'il puisse tenter d'oublier ce qui venait de se passer dans cette pièce. Comment avait-il pu se bercer d'illusions à ce point?

— Pourquoi ne répondez-vous pas? reprit-elle. Je n'ai pas l'impression que vous êtes du genre à tenter votre chance avec toutes les filles. Pourquoi moi?

Faca à cette curiosité typiquement féminine, la honte de James se mua aussitôt en irritation. De quel droit le questionnait-elle, pour analyser ses émotions, ses pensées, ses paroles? Elle ne le désirait pas, et pourtant elle voulait lui laisser son empreinte, l'obliger à mettre son âme à nu. Eh bien, elle allait vite déchanter.

— Navré, mais je crois que nous en avons assez dit comme ça, répliqua-t-il. Pardonnez-moi maintenant, je dois m'habiller. J'ai rendez-vous, et je ne veux pas être en retard.

Avec une dignité glacée, il sortit du salon à pas lents, alors qu'il n'avait qu'une envie : courir à toutes jambes se réfugier dans la quiétude de sa chambre.

Patience le suivit.

— Je vous raccompagne, dit-il sans la regarder.

Au moment où ils parvenaient devant la porte d'entrée, la sonnette retentit. Patience tourna la poignée avant que James pût l'en empêcher, et tous deux se retrouvèrent face à Fiona qui les dévisageait de ses yeux clairs.

La nouvelle venue considéra tour à tour la chevelure en désordre de Patience, son visage encore empourpré, son pull chiffonné, puis le peignoir de James. Sa bouche se durcit et, les yeux étincelants, elle se tourna vers ce dernier.

— Voilà donc la raison de ton retard, lança-t-elle. A vrai dire, je ne suis pas étonnée. Je me doutais que tu voyais quelqu'un d'autre!

7.

Le silence devint presque palpable, tandis que les deux femmes regardaient James qui fixait le sol, le visage fermé. Il détestait les scènes, surtout en public. Lorsque cela se produisait avec un homme, il répliquait de sa voix la plus tranchante, puis disparaissait ; s'il était en présence d'une femme, il se contentait de la gratifier d'un regard glacé avant de tourner les talons. La fuite était toujours la méthode la plus simple pour régler un problème.

En cet instant précis, il ne savait que dire, ni que faire. Fiona avait entièrement raison. Comment lui mentir ? Il était temps de rompre avec elle, de se montrer honnête. Ils n'étaient pas faits l'un pour l'autre. Elle n'aurait aucun mal à le remplacer, elle était si belle, nombre d'hommes ne seraient que trop heureux de tenter leur chance. Et qu'importe qu'elle soit froide et égocentrique. James connaissait beaucoup d'hommes dont les épouses étaient égoïstes et superficielles, mais qui s'en fichaient éperdument car ils les considéraient juste comme des ornements.

Manifestement, Fiona faisait de gros efforts pour ne pas céder à la rage folle qui bouillonnait en elle.

— Si j'avais sagement attendu chez moi au lieu de venir ici en voiture, je n'aurais jamais su que tu jouais à ce petit jeu, n'est-ce pas ? fit-elle d'une voix frémissante.

C'était vrai. Il aurait sans doute menti pour se tirer d'affaire. Son silence résonna comme un aveu.

— Tu m'aurais parlé d'un coup de téléphone primordial

qui t'aurait retenu au dernier moment, ou tu aurais prétexté un embouteillage, non ? enchaîna-t-elle. Et moi, je t'aurais cru ! Aujourd'hui, je me demande combien de fois tu m'as menti par le passé, James. Tu ne cesses de te prétendre surchargé de travail, mais j'imagine qu'en réalité, tu es très occupé ailleurs, dans un endroit plus intime qu'un bureau.

— Fiona, je suis désolé...

Il surprit le regard interloqué et anxieux que lui lançait Patience.

— James, il faut lui expliquer... lui dire qu'elle se trompe, chuchota-t-elle, comme si Fiona ne pouvait l'entendre distinctement.

Il secoua la tête, muré dans sa fierté et sa rancune. Pourquoi Patience essayait-elle de le pousser dans les bras de Fiona ? Il n'allait pas se mettre à genoux, battre sa coulpe, supplier Fiona de lui pardonner, alors qu'en réalité il ne regrettait rien. Cette relation était une erreur depuis le début, et à présent, il se sentait soulagé à l'idée qu'elle prenne fin.

Patience se tourna vers Fiona.

— Je vous assure, vous vous trompez, lui dit-elle avec fermeté.

— J'ai des yeux pour voir, répliqua Fiona avec hauteur, en jaugeant la tenue négligée de Patience. Je n'ai pas besoin que vous me fassiez un dessin.

— Non, vous ne comprenez pas, ce n'est pas ce que vous pensez...

Fiona produisit un petit bruit sec semblable à l'éternuement d'un chat.

— Voulez-vous bien rester en dehors de ça ? intima-t-elle à la jeune femme. Ce n'est pas à vous que je m'adresse. Vous pouvez le garder ! Si vous y parvenez... Mais suivez mon conseil : ne démissionnez pas de votre boulot, parce que c'est un sale menteur et qu'il n'y a pas de raison qu'il vous traite mieux que moi !

Tête haute, Fiona tourna les talons et s'éloigna en direction de son Aston Martin rouge. Elle se glissa derrière le volant, claqua la portière et démarra dans un rugissement de moteur, avant de tourner à l'angle de la rue sur les chapeaux de roue.

Patience jeta un coup d'œil incertain à James.

— Ne la laissez pas partir comme ça, dit-elle enfin. Vous pouvez encore la rattraper.

— Quoi, en peignoir de bain ? Et, de toute façon, je ne cours pas après les femmes ! ajouta-t-il puérilement.

— Vous ne l'aimez donc pas ?

Songeuse, elle l'étudia avec attention, avant de hocher la tête.

— Non, visiblement vous ne l'aimez pas. Vous n'aimez rien ni personne, à part votre travail, c'est cela ?

— Merci beaucoup !

Voilà donc ce qu'elle pensait de lui. Oh, bien sûr, elle n'avait pas entièrement tort. Il n'y avait pas si longtemps, il était sans doute l'un de ces égocentriques indifférents à tout. Mais c'était avant qu'il la rencontre. Elle avait bouleversé sa vie entière. Simplement, comment le lui expliquer sans trahir les sentiments qu'il éprouvait à son égard ?

Il ne s'abaisserait pas à cela. Il lui restait sa fierté tout de même !

— Je commence à comprendre que votre mère vous a fait beaucoup de mal en vous abandonnant, reprit Patience d'un ton calme. Vous possédez une maison magnifique, mais ce n'est qu'une coquille, James. Pas un foyer. Et vous êtes pareil : une simple coquille, pas un être humain.

Il tressaillit, fouaillé par son mépris, mais réussit à garder une mine imperturbable. Les leçons inculquées dans sa jeunesse prévalaient une fois de plus : « Cache tes sentiments ! Ne montre à personne ton chagrin ou ta peur ! »

Raide, la démarche saccadée, il rentra dans le vestibule.

— Au revoir, Patience.

La porte se referma. De toute façon, ils n'avaient plus rien à se dire. Les mots étaient superflus étant donné la piètre considération en laquelle elle le tenait.

Ce soir-là, il ne sortit pas. Tandis qu'Enid lui préparait un repas léger, il écouta du Mozart, puis feuilleta quelques journaux de finance américains sans parvenir à se concentrer sur ce qu'il lisait.

— J'espère que cela vous conviendra, dit Barny en lui apportant le premier plat du dîner. Enid n'avait pas grand-chose dans le réfrigérateur, elle croyait que vous dîneriez dehors. Elle a improvisé avec ce qui restait.

— C'est parfait, répondit James machinalement.

Il baissa les yeux sur son assiette qui contenait une poire émincée en rosace, surmontée de lamelles de jambon, de fromage de chèvre et de cerneaux de noix. Les couleurs étaient jolies, le mélange de textures intéressant. Il goûta. N'était-ce pas du vinaigre balsamique dont Enid s'était servie pour l'assaisonnement ? Bah, qu'importe ! La saveur était originale et plaisante. Dommage qu'il n'ait pas faim. Pourtant il allait se forcer à tout avaler jusqu'à la dernière bouchée, de crainte de froisser Enid qui s'était donné tant de mal.

Quand le domestique revint avec le plat suivant, il posa un regard satisfait sur l'assiette vide de son patron.

— C'était délicieux, lui dit James. Enid est un vrai cordon-bleu.

— Elle adore relever des défis, vous le savez bien. Là encore, elle a essayé quelque chose de nouveau, expliqua Barny en déposant une deuxième assiette sur la table. Fricassée de blanc de poulet pané à la crème d'estragon. Enid s'est souvenue à quel point vous aimez l'estragon.

« Moi, j'aime l'estragon ? » s'étonna James en regardant la sauce crémeuse piquetée de points verts.

Il goûta. Oh oui, il aimait l'estragon !

Il refusa le dessert, se fit servir le café dans son bureau. Autant travailler, puisque de toute façon il ne parviendrait pas à s'endormir avant plusieurs heures.

— Désirez-vous autre chose, monsieur James ? s'enquit Barny du pas de la porte.

— Non, ce sera tout, merci.

Comme le domestique demeurait immobile, James releva la tête et vit qu'il arborait une mine soucieuse.

— C'est une jeune fille charmante, monsieur, déclara Barny tout à trac. Gentille, amusante, mais aussi sérieuse. Pas comme l'autre.

— Bonne nuit, Barny.

C'était clairement une fin de non-recevoir. James n'avait pas l'intention de discuter de sa vie privée avec quiconque. Le problème avec les gens qui le connaissaient depuis longtemps, comme Enid et Barny ou encore Mlle Roper, c'était qu'ils se croyaient autorisés à exprimer leur opinion quand bon leur semblait.

Barny rougit violemment et, l'air peiné, se retira sans mot dire, laissant James en proie à un pesant sentiment de culpabilité. Pourtant, son côté rationnel lui soufflait qu'il n'avait aucune raison de s'en vouloir, et que Barny n'aurait pas dû intervenir de façon déplacée.

Mais au bout de quelques minutes passées à fixer le mur, il décrocha l'Interphone et appela l'appartement de ses domestiques. La voix polie de Barny répondit aussitôt :

— Oui, monsieur ?

— Barny, je suis désolé, je n'aurais pas dû me montrer agressif. C'est juste que je suis fatigué et irritable.

— Ce n'est pas grave, monsieur, je comprends, assura Barny, une note de chaleur dans la voix.

Après avoir raccroché, James considéra la pile de papiers amoncelés devant lui. Au travail ! C'était la meilleure façon d'oublier ses soucis. Mais les mots dansaient devant ses yeux, vides de sens, et bientôt la migraine le prit. A contrecœur, il décida d'aller se coucher.

Longtemps, il se tourna et se retourna dans son lit, incapable de lire ou d'écouter de la musique. Seule Patience habitait son esprit. Il se remémorait la courbe tendre de sa bouche, la tiédeur de son corps contre le sien, sa douceur...

Comment supporter de la perdre ?

Mais pourquoi se comporter comme un dément ! Comment pouvait-on perdre ce qui ne vous avait jamais appartenu...

Lorsque enfin il glissa dans le sommeil, ce fut pour rêver d'elle. Dans ces songes sans fin, il la tenait entre ses bras, nue, consentante, il l'embrassait, la caressait, la possédait, assouvissait enfin l'immense désir qu'il avait d'elle...

Il s'éveilla dans un cri, enveloppé de la pâle lumière de l'aube, et jaillit hors du lit pour se précipiter sous la douche.

Dans la maison, personne n'était encore levé. Il brancha la cafetière électrique, but un café tout en reprenant le travail qu'il n'avait pu achever la veille. Barny fit son apparition à 7 heures et ne se permit aucun commentaire en voyant son patron habillé de pied en cap assis à son bureau.

— Belle journée, n'est-ce pas ? lui dit-il.

James n'avait rien remarqué, mais lorsque Barny tira les rideaux, il vit le ciel bleu et le soleil éclatant. Dehors, le printemps rayonnait, quand dans son cœur c'était l'hiver.

— Que prendrez-vous pour le petit déjeuner, monsieur ?

— Juste un verre de jus d'orange, merci.

— Vous devriez manger quelque chose...

Barny s'interrompit en surprenant le regard sombre que lui lançait James, et dans un soupir il conclut :

— Très bien, je vous apporte votre jus d'orange.

Dès que Barny fut parti, James appela l'hôpital et fut dirigé sur le service où sa mère avait été admise. Malheureusement, il n'obtint que peu d'informations de l'infirmière de garde, à l'exception d'un laconique « elle se repose ».

— Quand puis-je lui rendre visite ? demanda-t-il.

— Entre 10 heures et midi, ou entre 14 h 30 et 16 heures.

Lorsque Barny revint avec le jus de fruits, James l'informa qu'il partirait pour le bureau à 8 heures. Sans le regarder, il ajouta qu'il devait passer voir sa mère qui était hospitalisée.

— Hospitalisée ? répéta Barny dans un sursaut. Est-ce grave, monsieur James ?

— Elle a eu une légère attaque cardiaque, juste une alerte. A l'heure des visites, vous reviendrez me chercher à la banque pour me conduire à l'hôpital. Entre-temps, pourriez-vous acheter un bouquet de fleurs, s'il vous plaît ?

— Avec plaisir, monsieur. Je suis vraiment désolé pour madame. Enid et moi, nous l'avons toujours beaucoup aimée. A l'époque où elle vivait ici, on aurait dit une bouffée de printemps ! Nous avons été navrés de la voir partir. Quel dommage qu'elle ne vous ait pas emmené avec elle...

Le domestique s'esquiva avant que James ne puisse répondre. Au demeurant, pourquoi le rabrouer quand il exprimait une opinion que James partageait ?

En arrivant au bureau, James trouva Mlle Roper en train de classer le courrier. Dès qu'il franchit le seuil, elle l'enveloppa d'un regard critique. James se souvint soudain qu'elle avait l'habitude de vérifier sa tenue chaque matin, de s'assurer que sa chemise était correctement repassée, sa cravate de bon goût, ses chaussures bien cirées. Et pour la première fois, il se dit qu'il avait eu dans sa vie deux mères de substitution : Enid tout d'abord, et également Mlle Roper.

Leur avait-il jamais exprimé sa gratitude pour tout le mal qu'elles s'étaient donné ? Non, bien sûr. Jusqu'à maintenant, il avait trouvé cela tout naturel.

Il tenta d'adopter un ton joyeux pour la saluer.

— Bonjour, mademoiselle Roper ! La matinée va être courte, aujourd'hui : je dois partir à 10 heures. Y a-t-il quelque chose d'important au courrier ?

Sans poser de questions, elle sélectionna quelques lettres qui réclamaient une attention immédiate. Ils réglèrent rapidement ces problèmes, puis James alla s'asseoir à son bureau pour lui dicter des messages, avant de passer quelques coups de téléphone urgents.

Il était presque 10 heures lorsqu'il raccrocha le combiné pour de bon.

— J'ignore à quelle heure je rentrerai, la prévint-il.

— Vous deviez déjeuner avec le P.-D.G. de la société Hortley. Dois-je annuler ?

— Nous avions prévu de nous retrouver à notre club commun. Appelez sa secrétaire pour m'excuser auprès de lui, et dites-lui que ce n'est que partie remise.

— Bien. Et concernant les rendez-vous de cet après-midi ?

Il hésita.

— Je ne sais pas trop, je vous appellerai si je suis dans l'impossibilité de les honorer, répondit-il enfin. Si vous avez besoin de me joindre de façon pressante, appelez Barny sur le téléphone de voiture, il me communiquera le message.

Tout à coup, les mots qu'il retenait se précipitèrent sur ses lèvres :

— Ma mère a eu une attaque, elle est hospitalisée. Je ne sais pas trop dans quel état je vais la trouver, aussi j'ignore combien de temps je resterai absent.

L'expression sérieuse de Mlle Roper se modifia. Elle lui adressa un regard empreint de sympathie attristée.

— Oh, je suis désolée ! s'exclama-t-elle. Est-ce grave ?

— Heureusement non, d'après ce que j'ai compris.

— Adressez-lui mes meilleurs vœux de rétablissement.

— Certainement. Merci, mademoiselle Roper, dit James avec un sourire.

Il lut de la surprise dans ses yeux bruns, se sentit quelque peu déstabilisé. N'était-il pas toujours poli avec elle, pourtant ? Peut-être pas toujours, après tout... Dans le monde des affaires, il fallait parfois se montrer brutal, concentrer toute son énergie sur les buts qu'on s'était fixés. En conséquence, le stress rejaillissait de temps en temps sur le personnel. Cette attitude avait-elle érigé un mur entre ses employés et lui ?

En tout cas, ce n'était pas délibéré de sa part. Et si c'était le cas, il faudrait veiller à changer tout ça.

En partant, il se heurta presque à l'assistante blonde qui poussa un petit cri effarouché et se mit aussitôt à bredouiller une litanie d'excuses.

— Désolée, monsieur, je suis en retard... J'ai raté mon train et...

— Parlez-en plutôt à Mlle Roper, c'est elle qui dirige ce bureau, coupa James avec un sourire qui laissa la fille pantoise.

Comme prévu, Barny l'attendait et un énorme bouquet de fleurs reposait sur la plage arrière de la Daimler : de longues jonquilles, un assortiment de tulipes roses et blanches, des freesias blancs et violets, dont le parfum imprégnait l'habitacle. Si James ne s'était pas senti si déprimé, cette odeur seule aurait suffi à lui faire trouver la vie belle. Mais ce ne fut pas le cas.

La circulation était dense, et ils mirent une bonne demi-heure à atteindre l'hôpital. Après avoir déposé James devant l'entrée principale, Barny réitéra ses vœux de prompt rétablissement.

— Enid et moi, nous espérons la revoir bientôt, ajouta-t-il.

— Je le lui dirai. Ne m'attendez pas, Barny, je prendrai un taxi.

Comme la Daimler s'éloignait, James réfléchit à ce que son chauffeur venait de lui dire. Ce dernier et sa femme semblaient s'imaginer tout naturellement que leur patron recueillerait prochainement sa mère sous son toit. Il y a quelques jours encore, l'idée n'aurait pas effleuré l'esprit de James. Aujourd'hui, la situation avait changé, et cette éventualité lui semblait moins perturbante.

Il n'était pas certain de pouvoir tirer un trait sur le passé au point d'héberger sa mère. C'était encore trop tôt, de toute façon. Et puis, si Ruth quittait la pension de famille, James ne reverrait plus jamais Patience...

Il se sentit rougir à cet aveu. Oserait-il faire passer ses propres désirs avant le bien-être de sa mère ?

Autrefois, il aurait pensé sans le moindre remords que cette dernière méritait amplement ce qui lui arrivait. Mais le malaise cardiaque qui l'avait terrassée avait modifié son état d'esprit du jour au lendemain. Ce matin, il avait l'impression d'être un autre homme. Il allait devoir prendre des décisions rapides concernant sa mère.

Bien sûr, elle préférerait peut-être rester auprès de Patience, dans cette maison à l'ambiance joyeuse, pleine de gens de son âge, d'enfants et d'animaux. Evidemment, c'était un endroit plus agréable qu'une immense demeure déserte et silencieuse. Quoi qu'il en soit, il devait lui donner le choix.

Lorsqu'il parvint au chevet de sa mère, celle-ci dormait

profondément, ses mains déformées reposant sur le drap blanc, le corps relié à un tas d'appareils qui lui donnaient l'apparence étrange d'une extraterrestre.

L'infirmière autorisa James à rester près du lit quelques minutes, pendant qu'elle disposait les fleurs dans plusieurs vases. Puis, le doigt sur la bouche, elle lui fit signe de l'accompagner au-dehors. Docile, il sortit sur la pointe des pieds.

— Vous pouvez attendre dans le couloir, lui dit l'infirmière. Elle va s'éveiller d'ici à un petit moment. Son état est stable, mais elle a besoin de beaucoup de repos.

— Cette attaque... Est-ce très grave ? s'enquit-il d'une voix rauque.

— Assez en tout cas pour justifier une hospitalisation. Elle va devoir changer sensiblement son mode de vie, mais le cardiologue vous expliquera tout ça en personne.

— Puis-je le voir ?

— Il est absent ce matin. Vous pourrez vous entretenir avec lui après ses visites, à 17 heures. Pouvez-vous revenir à ce moment-là ?

— 17 heures ? Oui, bien sûr. Voici mon numéro de téléphone en cas d'urgence...

Il tendit une carte à l'infirmière puis, comme celle-ci tournait les talons, il alla s'asseoir sur une chaise dans le couloir.

Une minute s'écoula. Il se rendit compte tout à coup qu'il ne cessait de frissonner, et soudain il lui vint à l'esprit qu'il était tout simplement en état de choc. Voir sa mère si pâle et faible sur ce lit d'hôpital l'avait terriblement secoué. Elle avait l'air si vieille, si malade ! Allait-elle mourir, en dépit des paroles rassurantes de l'infirmière ?

Il se sentait si mal qu'il serait de toute façon incapable d'honorer ses rendez-vous prévus l'après-midi. De son téléphone portable, il appela Mlle Roper pour lui demander de les annuler.

— Je m'en occupe, monsieur, acquiesça-t-elle. Comment va votre mère ?

— Elle est sous sédatif, je n'ai pas pu lui parler. D'après

l'infirmière, il n'y a pas lieu de s'inquiéter outre mesure, toutefois...

— Oui ? insista Mlle Roper, comme le silence s'éternisait.

— Je l'ai trouvée très affaiblie, avoua-t-il, avant de déclarer : Ne comptez pas sur moi cet après-midi. Au revoir, mademoiselle Roper.

Il coupa la communication. Un vertige le saisit tout à coup. Craignant de s'évanouir, il se pencha et, la tête entre les genoux, attendit que le malaise se dissipe.

Quelques secondes plus tard, une voix familière résonna à ses oreilles :

— James, que se passe-t-il ? Mon Dieu ! elle n'est pas... ?

James releva trop rapidement la tête et, à travers un vertige encore plus violent que le précédent, aperçut le visage livide d'inquiétude de Patience, à quelques centimètres du sien. Son cœur bondit dans sa poitrine.

— James, je vous en prie, répondez-moi !

— Non, non ! Elle n'est pas morte, se hâta-t-il de la rassurer. Elle dort. J'attends qu'elle se réveille.

Patience poussa un profond soupir de soulagement avant de se laisser tomber sur la chaise voisine.

— Oh, Dieu merci ! s'exclama-t-elle. Quand je vous ai vu, l'air si abattu... Pourquoi étiez-vous dans cette position ?

— Hum... Je ne me sentais pas très bien. Mais ça va, maintenant.

Elle était fraîche et pimpante dans sa robe-tunique vert tendre sur laquelle elle avait enfilé une petite veste d'un vert plus soutenu. Cette seule vision suffit à le ragaillardir.

— L'infirmière m'a dit que son état était stable, précisa-t-il. Mais ça ne veut pas dire grand-chose, n'est-ce pas ?

— Ils ne vous mentiront pas, James. S'ils disent que son état est stable, vous pouvez les croire. Leur responsabilité est engagée.

— Oui, je suppose.

Le regard de James glissa sur les jambes galbées, puis sur les pieds fins chaussés de simples sandales blanches. S'était-elle habillée ainsi pour déjeuner avec son petit ami ?

— Que regardez-vous ? lui demanda-t-elle soudain.

— Euh... rien de particulier.

— Vous n'aimez pas ma robe ? Ou est-ce à cause de mes chaussures que vous grimacez ?

— Je ne grimace pas ! C'est juste que... Non, vous vous faites des idées !

Voilà qu'il bredouillait comme un idiot maintenant ! C'était elle qui produisait sur lui cet effet désastreux. Où était donc passée sa fameuse maîtrise de soi dont il était si fier ? Et que pouvait bien penser Patience de lui ? Décidément, il était grand temps qu'il se ressaisisse.

L'infirmière de garde apparut au bout du couloir et s'adressa à eux deux :

— C'est inutile d'attendre, elle dort toujours profondément. Revenez plutôt cet après-midi.

— Comment va-t-elle ? demanda Patience en se levant.

— Beaucoup mieux aujourd'hui. A mon avis, d'ici à quelques jours, elle pourra rentrer chez elle.

— C'est merveilleux ! Dans ce cas, nous reviendrons la voir plus tard.

Ils sortirent ensemble de l'hôpital. Ne sachant que dire, James observait un silence maussade.

— Votre chauffeur vous attend ? s'enquit Patience quand ils débouchèrent à l'air libre.

— Non, je vais prendre un taxi.

— J'ai ma voiture. Je vais vous reconduire, si vous voulez.

— J'ignorais que vous aviez une voiture.

— Je ne pourrais pas m'en passer, surtout pour les courses. J'achète toujours tout en gros afin d'économiser.

James sur les talons, elle se dirigea vers le parking et s'arrêta devant un vieux 4x4 rouge délabré.

— Montez, fit-elle en ouvrant la portière. Où désirez-vous aller ? A la banque ?

Une fois installé, James consulta sa montre. Il était déjà midi.

— Vous avez rendez-vous pour déjeuner ? demanda-t-il.

— Seulement avec un Caddie de supermarché.

Il sentit son cœur bondir de joie. Ainsi elle n'allait pas retrouver ce garçon !

— Eh bien alors, je vous invite, proposa-t-il de but en blanc.

— Ne vous sentez pas obligé de me remercier parce que je vous sers de chauffeur, répliqua-t-elle, taquine.

— Je vous invite simplement parce que j'en ai envie.

Elle lui coula un regard perplexe sous ses cils. Dans la lumière du soleil, ses prunelles miroitaient comme des lacs tranquilles bordés de roseaux dorés.

— Dans ce cas, j'accepte, décida-t-elle.

James sortit aussitôt son portable et composa le numéro de sa maison de Regent's Park. Barny décrocha au bout de quelques sonneries.

— Résidence Ormond.

— Barny, c'est moi. Enid peut-elle préparer à déjeuner pour deux personnes ?

— Bien entendu. Madame rentre-t-elle à la maison ?

— Elle va mieux, mais elle est toujours en observation. Ce n'est pas elle qui m'accompagne. Nous serons là d'ici à une vingtaine de minutes.

— Souhaitez-vous qu'Enid cuisine quelque chose de particulier ? Elle vient de faire le marché.

— Quelque chose... de spécial, décréta James avant de couper la communication.

Patience, qui venait de démarrer, lui jeta un coup d'œil.

— J'en déduis que nous allons déjeuner chez vous ? dit-elle.

— Oui, si cela ne vous dérange pas.

— Du moment que vous n'avez qu'un repas en tête...

James rumina un bon moment cette dernière remarque, avant de rétorquer :

— Que voulez-vous dire ?

— Voyons, James, je n'ai pas oublié ce qui s'est passé hier chez vous, juste avant que votre fiancée ne fasse son apparition. D'accord pour le déjeuner, non pour le reste. Compris ?

— Oh, j'ai parfaitement reçu le message ! Ne vous inquiétez pas, il n'est pas question que je vous fasse des avances.

Il regrettait déjà de l'avoir invitée à déjeuner. Avait-il perdu l'esprit ? Elle lui avait pourtant signifié sans ambages qu'il ne lui plaisait pas. Dans ces conditions, se retrouver en tête à tête avec elle s'avérerait certainement aussi frustrant qu'humiliant.

Une immense amertume l'envahit. Pourquoi une telle injustice ? Qu'avait-il fait pour mériter cela ? Il avait eu une enfance dépourvue d'affection qui l'avait transformé en un homme froid et austère. Aujourd'hui enfin, il tombait amoureux pour la première fois, mais — comble d'ironie ! — d'une femme qui le méprisait !

Pourtant elle l'obsédait, le fascinait. Il était fou d'elle.

Tout cela n'était en fait qu'une sinistre plaisanterie qui se jouait à ses dépens.

8.

James resta silencieux tandis que Patience prenait la direction de Regent's Park. Regardant ostensiblement par la vitre, il feignait de s'intéresser à la circulation et aux boutiques, quand en fait il ne voyait rien de tout cela. Il n'était que trop conscient de la proximité de la jeune femme, de ses petites mains fermes qui tenaient le volant. Depuis des jours, elle avait pris le contrôle de ses pensées, et le reste du monde était devenu flou. Comment était-il avant de la connaître ? Comment passait-il ses journées ? Il ne s'en souvenait plus. Elle était désormais la seule chose à laquelle il tînt.

— Ne boudez pas ! lui lança-t-elle soudain.

Voilà, ça recommençait ! Fallait-il toujours qu'elle lui parle comme à un enfant ? Les femmes étaient si condescendantes parfois, si sûres d'avoir raison. Peut-être parce qu'elles mettaient les enfants au monde, les élevaient, géraient la maison... ?

— Cela fait dix minutes que vous n'avez pas prononcé un mot, poursuivit-elle. Si vous continuez, le déjeuner risque de ne pas être très agréable.

— Vous avez changé d'avis, vous ne voulez plus venir chez moi, c'est cela ? Et vous cherchez un prétexte pour vous défiler en rejetant la responsabilité sur moi. Voilà bien un trait d'esprit typiquement féminin !

— Eh, ce n'est pas moi qui suis de mauvaise humeur !

— Si je le suis, c'est que vous m'avez accusé de vous avoir invitée dans le seul but de vous attirer dans mon lit.

— Après ce qui s'est passé hier soir, il est normal que je me méfie, non ? Je ne m'attendais pas à ce que vous me sautiez dessus. J'aurais dû me rappeler que les hommes ont toujours une arrière-pensée de ce genre en tête.

Trop furieux pour répondre, il tourna vivement la tête... pour se trouver face à face avec une superbe blonde qui conduisait une décapotable et qui, comme eux, attendait au feu rouge. La jeune femme, qui avait visiblement surpris leur conversation, leur adressa un clin d'œil complice qui n'échappa pas à Patience. A la grande surprise de James, cette dernière lui rendit son clin d'œil.

Les femmes ! Toutes les mêmes. Des conspiratrices solidaires qui se jouaient des hommes pour mieux les tourner en dérision ! Depuis la vague du féminisme, ce n'était plus l'amour qu'elles voulaient faire, mais la guerre !

— Alors, que décidons-nous ? s'enquit Patience en redémarrant. Déjeuner ou pas ? Allez-vous faire l'effort d'être agréable si je vous tiens compagnie ?

— Je suis toujours poli envers mes invités.

— J'ai dit agréable, pas poli.

Ils avaient atteint Regent's Park, dont les rues grouillaient de piétons qui musardaient au soleil, s'attardaient le long du canal pour nourrir les canards, ou se rendaient au zoo avec leurs enfants. Assis contre un arbre, des amoureux s'embrassaient.

James observa le couple enlacé avec envie. A les voir les yeux dans les yeux, seuls au monde, en train de se caresser le visage, on devinait qu'ils s'aimaient avec passion. Lui ne s'était jamais assis dans l'herbe comme ça, en public. Son éducation rigide le lui interdisait.

Pourtant, comme il aurait aimé déambuler dans les allées du parc, main dans la main avec Patience, puis s'arrêter sous les branches souples d'un saule pleureur, à l'abri des regards curieux, pour l'embrasser éperdument !

La frustration le consumait. Cela n'arriverait jamais, aussi cruellement dût-il en souffrir.

— Est-ce qu'au moins vous m'écoutez ? demanda Patience.

— Bien sûr que je vous écoute ! Je n'ai pas le choix, vous ne cessez de me harceler. Vous voudriez que je vous supplie à genoux de déjeuner avec moi, c'est ça ?

— Vous voyez ? Nous n'avons pas commencé à manger que, déjà, nous nous disputons. Je ferais mieux de rentrer. Excusez-moi auprès de votre cuisinière.

Elle venait de se garer devant la maison et le regardait. James sentit le désespoir l'envahir. Il ne voulait pas qu'elle parte. Comment parvenir à mieux la connaître s'ils n'étaient jamais seuls ? Chez elle, c'était la cohue permanente.

Mais il n'allait pas l'implorer. Comment la faire changer d'avis ?

Soudain une idée germa dans son cerveau.

— Bon, très bien, je n'insiste pas, déclara-t-il d'un ton aussi détaché que possible. J'espérais vous parler sérieusement de l'avenir de ma mère. Je croyais que vous vous sentiez concernée, mais s'il n'en est rien, oubliez cela.

Elle le considéra avec méfiance, comme si elle doutait de ses intentions réelles. Tranquillement, il soutint son regard. Patience avait beau être jeune, elle avait acquis une étonnante maturité d'esprit. La mort de ses parents l'avait obligée à mûrir vite, à assumer des responsabilités qui n'étaient pas de son âge. De quelle ingéniosité avait-elle fait preuve en ouvrant cette pension de famille afin de garder ses frères et sœur près d'elle. Peu de jeunes filles auraient accepté de se dévouer aux autres et de consacrer tout leur temps aux tâches ménagères comme elle le faisait. A vingt-trois ans, elle aurait pu légitimement penser à sortir, s'acheter des vêtements, flirter. Elle n'en avait pas le loisir, pourtant jamais il n'avait surpris un éclair de rébellion dans son regard.

— Bien sûr que je me sens concernée ! protesta-t-elle enfin.

— Dans ce cas, entrez et nous discuterons.

Rapidement, il descendit du véhicule qu'il contourna pour venir lui ouvrir la portière. Mais elle avait déjà sauté à bas du marchepied.

En remontant l'allée, elle s'arrêta pour admirer le jardin.

— N'est-ce pas superbe ! s'enthousiasma-t-elle. Tous ces massifs en fleurs, ces haies, ce gazon... Notre jardin est loin d'être aussi impeccable. On ne peut pas l'entretenir à la perfection avec des enfants et des animaux.

— En contrepartie, vous mangez les œufs de votre poulailler.

Elle se mit à rire, et une charmante fossette creusa sa joue près de sa bouche généreuse.

— Et puis, dans mon jardin, il n'y a jamais eu de cavernes, enchaîna-t-il. Tom et Emmy ont bien de la chance.

— J'en avais une quand j'étais petite. J'y passais des heures, et j'en ressortais toujours couverte de boue et de taches d'herbe.

Barny vint leur ouvrir, le visage débonnaire.

— Bonjour, Barny. Comment allez-vous ? le salua Patience.

— Très bien, merci, mademoiselle. Vous avez l'air en forme vous-même. Comment se porte madame ?

— Elle est toujours sous sédatif et nous n'avons pas encore pu la voir, mais il semble que ce ne soit pas trop sérieux, grâce au ciel.

— Voilà une excellente nouvelle. Permettez-moi de vous débarrasser de votre veste, mademoiselle.

Se tournant vers James, il ajouta :

— Le déjeuner sera prêt dans dix minutes. Dois-je servir un apéritif, monsieur ?

— Je m'en occupe, répliqua James.

Il se sentait vaguement irrité, car il avait l'impression d'être la victime d'une conspiration lorsqu'il entendait Barny et Patience discuter de sa mère avec le plus grand naturel. Tous deux semblaient avoir décidé que la place de Ruth était à Regent's Park. Bon sang, c'était pourtant à lui de mener sa vie comme il l'entendait !

Il conduisit Patience dans le salon, l'invita à s'asseoir dans un fauteuil, puis lui proposa un apéritif qu'elle déclina.

— Un verre d'eau minérale me suffira.

— De l'eau gazeuse ?

— Oui, parfait.

— Avec de la glace ?

— Non, mais je veux bien une rondelle de citron.

Il s'exécuta, avant de se servir un gin tonic. Puis il s'installa face à Patience. Elle fixait le portrait de son père, accroché au mur. Celui-ci était jeune à l'époque où le peintre avait exécuté l'œuvre, toutefois il semblait déjà âgé dans son costume anthracite austère. Derrière le modèle, on apercevait un ciel chargé et les toits gris de la ville, ce qui accentuait encore la tristesse du tableau.

— Etait-il aussi sérieux qu'il en a l'air ? questionna Patience.

— Toujours.

— Vous lui ressemblez beaucoup.

— Physiquement, peut-être.

Il avait eu peur de devenir comme son père mais aujourd'hui, grâce à Patience, il était sûr que cela ne lui arriverait jamais. Superficiellement, il n'avait peut-être pas changé, pourtant sa personnalité avait profondément évolué depuis leur rencontre. Elle l'avait ouvert à la vie, à la joie et à la chaleur humaine.

Que deviendrait-il si jamais Patience disparaissait de son existence ? Il n'osait y penser.

— Que va-t-il advenir de ma mère quand elle sortira de l'hôpital ? demanda-t-il d'un ton bourru. Aura-t-elle besoin de soins à domicile ? Cela représenterait une surcharge de travail pour vous. Bien sûr, elle pourrait s'installer ici, et j'embaucherais une infirmière pour prendre soin d'elle. Mais le désire-t-elle vraiment ?

— Vous savez très bien qu'elle souhaite vivre auprès de vous ! répliqua Patience, sarcastique.

— Je n'en suis pas si sûr. Réfléchissez. Ici, elle sera seule toute la journée. Je travaille beaucoup, et, le soir, je suis souvent obligé de me rendre à des dîners mondains. Elle ne me verrait pas beaucoup.

— Peut-être, néanmoins elle serait chez elle, dans son foyer...

— Pensez-vous que Joe et Lavinia ne lui manqueront pas ? Sans parler des enfants. J'ai cru comprendre que ma mère appréciait beaucoup l'atmosphère familiale qui règne chez vous. Ici, dans cette maison, elle n'a jamais été heureuse. Je n'ai pas envie de l'y enfermer contre son gré.

Patience se mordilla la lèvre inférieure d'un air soucieux.

— Je n'y avais pas pensé, reconnut-elle. En tout cas, il n'y a qu'un moyen de le savoir : posez-lui la question.

— Dès aujourd'hui ?

— Il vaut mieux attendre qu'elle soit complètement remise, ne croyez-vous pas ?

— En effet. Je ne voudrais surtout pas la bouleverser.

Sur ces entrefaites, Barny vint leur annoncer que le déjeuner était servi. En entrant dans la grande salle à manger, Patience regarda avec curiosité les meubles d'acajou, le tapis de haute laine et les lourdes tentures de velours rouge. La table était dressée, les assiettes de porcelaine, l'argenterie et les verres de cristal étincelaient sous le lustre à pendeloques. Heureusement, Barny les avait installés en bout de table, de manière qu'ils puissent converser aisément.

L'entrée fut servie : des tranches de melon glacé intercalées dans des lamelles d'avocat, le tout parsemé de crevettes-cocktail. Elle fut suivie d'un soufflé au fromage et aux épinards frais accompagné de roquette et de concombre, pour lequel Enid s'était surpassée. Le dessert se composait d'une simple mousse au chocolat, si délicieuse que Patience ne put retenir un soupir de plaisir en y goûtant.

— Je n'ai plus faim, mais ce repas était un rêve ! dit-elle à Barny qui venait débarrasser.

— Oui, vous pouvez féliciter Enid, renchérit James. Improviser un tel repas en si peu de temps relève du génie.

— J'aimerais la complimenter moi-même, intervint alors Patience.

Barny rayonnait de joie.

— Elle sera ravie de faire votre connaissance, mademoiselle, affirma-t-il. Dois-je servir le café dans le salon, monsieur ?

— Oui, s'il vous plaît.

Une fois seuls devant leur tasse de café, ils poursuivirent leur conversation.

— J'ai remarqué votre expression quand vous étiez dans la salle à manger, dit James. Qu'est-ce qui ne vous plaît pas dans cette pièce ?

— Elle est un peu... pompeuse. On se croirait dans un roman de l'époque victorienne. C'est étouffant, ce velours rouge et ce bois sombre.

— Quel genre d'atmosphère vous convient ?

— Celle de ma maison.

— Pourtant, un jour, vous rencontrerez quelqu'un et vous devrez partir.

— Oh, pas avant des années ! J'ai promis aux enfants de rester auprès d'eux jusqu'à ce qu'ils soient adultes.

— Mais si vous vous mariez ?

— Alors mon mari viendra habiter chez nous.

Comme elle tendait la main pour se resservir en café, James la devança. Leurs doigts se frôlèrent et leurs regards se croisèrent. Celui de Patience reflétait une émotion étrange. Le cœur de James se mit à battre la chamade. Que pouvait bien signifier cette curieuse expression...

A cet instant, ils perçurent le bruit d'un moteur au-dehors. Une voiture se gara dans l'allée et, quelques secondes plus tard, la sonnette de la porte d'entrée retentit.

— Qui peut venir à une heure pareille ? s'étonna James.

Un bruit de voix lui parvint bientôt du vestibule. Il se raidit. Oh non, pas Fiona ! Que venait-elle faire ici ?

Il entendit Barny protester, puis des talons hauts cliquetèrent sur le parquet. La porte du salon s'ouvrit à la volée. James ne put s'empêcher de tressaillir lorsque son regard croisa les yeux bleu glacier de Fiona.

— Oh, elle est encore là, celle-là ? s'exclama-t-elle en avisant Patience. Elle ne s'en va donc jamais. A-t-elle passé la nuit ici ?

Patience rougit violemment.

— Ecoutez, dit-elle d'une voix qui se voulait conciliante,

j'ai essayé de tout vous expliquer hier... Je m'occupe de la mère de James, et j'étais venue lui dire qu'elle avait eu une attaque...

— Sa mère est morte !

— Non, mais elle est très malade. Nous revenons justement de l'hôpital, et James m'a invitée pour parler des dispositions à prendre quand elle sera sortie.

Un moment, Fiona demeura pensive, tout en fixant le plateau d'argent et les tasses à demi pleines.

— Etes-vous infirmière ? demanda-t-elle enfin d'un ton dédaigneux.

— Non, je dirige la pension de famille où vit Mme Ormond. C'est comme ça que j'ai rencontré James... Je veux dire M. Ormond.

Fiona se tourna vers James.

— Je ne comprends rien à ce charabia, déclara-t-elle. Tu n'as jamais fait allusion à ta mère auparavant. Je suis même presque sûre que tu m'as dit qu'elle était morte.

— En réalité, je ne l'avais pas vue depuis des années. Elle était plus ou moins morte à mes yeux. Mes parents ont divorcé quand j'étais petit et je n'avais jamais pensé que j'aurais un jour des nouvelles de ma mère. J'ai éprouvé un choc quand elle s'est récemment manifestée. Mais, Fiona, que viens-tu faire ici ? ajouta-t-il avec impatience.

— Mon père t'a téléphoné au bureau ce matin, et on lui a répondu que tu t'étais absenté pour aller au chevet de ta mère malade. Evidemment, nous sommes tombés des nues ! A vrai dire, nous avons plutôt pensé qu'il s'agissait d'une piètre et plutôt pathétique excuse pour nous éviter. Alors je suis venue moi-même pour tirer les choses au clair. Pourquoi diable ne m'as-tu rien dit de tout cela hier soir ?

— J'avais d'autres choses en tête.

— Tu n'avais pas peur de ce que j'allais penser ?

— Bien sûr qu'il le craignait. Vous ne comprenez pas qu'il n'arrive justement pas à exprimer ses sentiments ? intervint Patience. C'est la faute de son horrible père avec son éducation rigide ! D'ailleurs, tant que je serai ici, il ne s'ouvrira pas à vous. Je vais aller saluer Enid, cela vous laissera le temps de vous expliquer.

Tout en parlant, elle s'était levée et se dirigeait déjà vers la porte. James bondit sur ses pieds pour la retenir, mais trop tard. Le battant se referma et le silence retomba dans la pièce.

Eh bien, il avait maintenant la preuve définitive que Patience se fichait éperdument de lui. Sinon, pourquoi l'aurait-elle laissé en tête à tête avec Fiona? Lui n'aurait jamais fait une chose semblable. L'amour était jaloux, possessif, féroce. Elle ne l'aimait pas!

— Cette fille semble persuadée qu'elle te connaît mieux que moi, fit remarquer Fiona d'un ton acide. Quand l'as-tu rencontrée?

— Récemment. Quand j'ai découvert qu'elle hébergeait ma mère.

— Il y a quelques mois?

— Quelques jours.

Fiona haussa ses sourcils délicatement épilés et noircis d'un trait de crayon.

— Moi, je te connais depuis des années, mais, de toute évidence, tu es beaucoup plus intime avec elle qu'avec moi, rétorqua-t-elle.

Ils s'affrontèrent du regard. James ne savait que dire. Il avait envie de crier: « Je t'en prie, va-t'en, Fiona! Et oublie-moi pour de bon. » Mais comment lui lancer cela sans paraître grossier? Les relations humaines étaient si complexes!

Pourtant, son regard devait être éloquent, car Fiona pinça les lèvres et ses yeux étincelèrent de colère.

— Tout est fini entre nous, n'est-ce pas? articula-t-elle.

James prit son courage à deux mains. Tergiverser davantage aurait été ridicule.

— Oui, tu as raison. Je suis désolé, Fiona. J'ai commis une erreur, et je te demande pardon pour t'avoir menée en bateau. Mais, en toute franchise, tu n'es pas plus amoureuse de moi que moi de toi. Nous avons passé du bon temps ensemble, parce que nous avions beaucoup en commun. Nous aurions pu former une équipe efficace, mais pas une union heureuse.

— Ne m'assomme pas avec ces niaiseries romantiques ! Ce que j'ai toujours apprécié chez toi, c'est ton sens pratique. Je n'aurais jamais imaginé t'entendre un jour me parler de fleurs et de gros cœurs roses !

— On voit tout différemment quand on tombe amoureux. Je ne suis plus l'homme que tu connaissais. Bon sang, je crois que je ne me reconnais plus moi-même !

— Ma parole, tu délires !

— Au contraire, je n'ai jamais été aussi lucide de ma vie.

— Tu crois vraiment que tu seras heureux avec une fille aussi quelconque ?

— Laisse Patience en dehors de tout ça, veux-tu !

La bouche de Fiona se déforma en une moue cynique. Soudain, elle lui parut très laide. Sa beauté n'était qu'une façade qui masquait une personnalité vile.

— James, sois raisonnable, reprit-elle d'une voix soudain mielleuse. Cette fille n'appartient pas à notre monde. Tout d'abord, elle est trop jeune, et puis godiche, naïve. Elle ne sait pas s'habiller, se comporter convenablement. Elle est peut-être jolie à sa façon un peu vulgaire, mais tous nos amis seraient horrifiés et se moqueraient de toi si tu sortais en sa compagnie. Je sais que les hommes de ton âge s'entichent parfois de petites poupées dans son genre, mais ce n'est qu'une passade. Tu ne vas tout de même pas l'épouser ! Je te donne trois semaines pour t'ennuyer à mourir auprès d'elle, et le divorce te coûtera les yeux de la tête.

La colère que James refrénait depuis un long moment explosa soudain.

— C'est ton avis, mais je te jure que tu la sous-estimes ! En réalité, je pense qu'elle a beaucoup plus à m'offrir que toi !

— Tu veux parler de sexe ? Eh bien, dans ce cas, continue de coucher avec elle jusqu'au moment où tu te lasseras. Tu comprendras alors qu'elle ne convient pas à ton style de vie.

— Patience n'est pas ce genre de fille. Tu la juges naïve et godiche, en réalité elle est fraîche et charmante. Et je ne l'ai pas touchée. De toute façon, même si je l'avais fait, cela ne te regarde pas.

Comme il se détournait, hors de lui, elle le saisit par le bras.

— Ecoute, James, je t'ai dit que je préférais attendre que nous soyons mariés pour faire l'amour avec toi, mais je ne suis pas frigide pour autant. Je voulais juste valoriser cet instant entre nous. Toutefois, si c'est ça que tu veux... ça pourrait être merveilleux.

— Cette conversation ne nous mène nulle part, murmura-t-il, horriblement gêné.

Mais Fiona était déterminée à le convaincre et feignit de ne pas l'avoir entendu.

— Quoi que cette fille fasse au lit, James, je peux faire mieux qu'elle parce que toi et moi sommes du même monde. Nous avons tant en commun.

S'approchant encore plus près, elle lui noua les bras autour du cou et pressa son corps contre le sien. Au supplice, James se raidit, priant pour que cette horrible scène prenne fin.

— Fiona, je t'en prie, non...

Il ne put continuer, car elle venait de coller sa bouche sur la sienne, et l'embrassait comme elle ne l'avait jamais fait avant, avec avidité, presque bestialité. Pourtant son baiser n'avait rien de sensuel ni de spontané et il le subissait avec dégoût.

Derrière lui, il entendit la porte s'ouvrir, mais trop tard. Il voulut se dégager, mais Fiona resserra son étreinte autour de sa nuque et se cramponna à lui. La porte se referma dans un grincement.

James sentit son cœur se contracter douloureusement. C'était Patience, il le savait. Qu'allait-elle penser? En voyant Fiona dans ses bras, elle avait certainement tiré des conclusions logiques. Il devait la rattraper, lui dire qu'elle se trompait...

D'un geste brutal, il repoussa Fiona et, sans même lui jeter un regard, il s'élança vers la porte.

Lorsqu'il atteignit la haute grille en fer forgé, le 4x4 de Patience s'éloignait à vive allure dans la rue.

9.

Barny conduisit James à l'hôpital un quart d'heure plus tard. Fiona était partie sans un mot, frémissante de rage, et, cette fois, il savait que c'était définitif.

S'il avait mis du temps à comprendre qu'il aimait Patience, Fiona, elle, avec l'intelligence analytique qui la caractérisait, avait tout de suite perçu un changement en lui. Sachant qu'elle n'était pas amoureuse, il était d'autant plus étonnant qu'elle se soit donné tant de mal pour le récupérer. Pourquoi s'était-elle jetée à sa tête ? Cela ne lui ressemblait guère. Elle n'était pas portée sur le sexe, contrôlait toujours ses émotions, se montrait réfléchie, voire calculatrice... Non, une force interne délibérée l'avait poussée à se comporter ainsi. Quelque chose de vital pour elle, mais qui n'était certainement pas de l'amour.

Et Patience ? Qu'avait-elle pensé en assistant à cette scène déplorable ? Pourquoi s'était-elle enfuie ?

James était à la fois anxieux, furieux et frustré. Si seulement il avait été capable de décoder ce qui se passait dans la tête des femmes ! Il devait parler à Patience, le plus vite possible. Elle avait dû se rendre à l'hôpital, il en était quasi certain. Il la retrouverait là-bas, la forcerait à l'écouter et lui expliquerait que Fiona ne signifiait rien pour lui.

— Plus vite, Barny ! intima-t-il à son chauffeur.

Il ne voulait pas risquer d'arriver à l'hôpital pour apprendre que Patience venait d'en repartir. Sinon il serait obligé de la poursuivre jusqu'aux Cèdres, où il lui serait impossible d'avoir un entretien particulier avec elle. Dans cette maison où tout le monde se mêlait de tout, personne ne semblait connaître le sens du mot « privé ».

A peine la Daimler immobilisée, James jaillit hors de l'habitacle et s'engouffra en courant dans les couloirs de l'hôpital. Le cœur battant, il ouvrit la porte de la chambre.

Sa mère était seule, adossée à ses oreillers. Elle écoutait la radio avec un petit casque qu'elle ôta immédiatement en voyant son fils.

— James ! s'exclama-t-elle avec un sourire radieux qui illumina son visage fatigué. On m'a dit que tu étais passé plus tôt, et je craignais que tu n'aies plus le temps de revenir aujourd'hui.

— Je l'ai pris. Je tenais à m'assurer que tu allais bien. Comment te sens-tu ?

Il se pencha pour l'embrasser sur la joue, respira le parfum subtil de son enfance. Sa peau avait la douceur ridée d'un pétale de rose séché. Il se rappela les pots-pourris qu'elle disposait autrefois dans sa chambre, la jubilation qu'il éprouvait, enfant, à plonger ses doigts dans les bocaux de verre emplis de fleurs odorantes. Après son départ, la chambre avait été nettoyée, les pots-pourris jetés, et, cependant, leur parfum avait longtemps imprégné l'air.

— Je me sens beaucoup mieux, répondit-elle en lui caressant gentiment la joue. Mon cœur tient le choc, et ils me laisseront sortir d'ici à quelques jours.

James s'assit sur la chaise placée près du lit.

— Tu dois quand même te surveiller dorénavant, déclara-t-il. Il ne faut pas prendre de risques.

— Ne t'inquiète pas pour ça. Je déteste les hôpitaux ! Oh, James, merci pour les fleurs, elles sont si jolies ! En les admirant, j'ai un peu l'impression que tu as transformé cette vilaine chambre en jardin. Elles sentent si bon !

— Ce sont les freesias qui embaument, mais je sais que tu adores les jonquilles.

— « Elles éclosent avant l'arrivée des hirondelles et leur beauté affronte le vent de mars », récita Ruth, l'air rêveur.

— C'est une citation, n'est-ce pas ? Je suis sûr de l'avoir déjà entendue, dit James en fouillant intensément sa mémoire.

— Shakespeare, voyons !

— Vraiment ? Cela sonne de façon si moderne...

— C'est souvent le cas avec Shakespeare. Mais, à son époque, il ne devait pas y avoir de freesias en Angleterre. Leur importation est récente, comme celle des tulipes. Les Hollandais ont commencé à les cultiver au XVIIe siècle, et ils ont lancé une véritable mode. De nouvelles variétés changeaient de mains pour des fortunes. N'est-ce pas étonnant ?

— Tu as des connaissances incroyables. Tu fais des mots croisés ?

— Oui, comment as-tu deviné ? Patience adore ça, elle aussi. Regarde ce qu'elle m'a apporté...

Ruth désigna une corbeille débordante de fruits : pommes, oranges et bananes.

— Je n'arriverai jamais à manger tout ça ! ajouta-t-elle. Tu en veux ? Les tangerines ont l'air délicieuses.

— Non, merci. Je viens de déjeuner. Ainsi... Patience est venue cet après-midi ? demanda-t-il d'un ton qui se voulait dégagé.

— Oui. Elle n'est pas restée longtemps. Elle semblait perturbée. Vous ne vous êtes pas disputés, au moins ?

James sentit son cœur s'emballer dans sa poitrine.

— Perturbée, dis-tu ? Qu'est-ce qui te fait penser ça ? Qu'a-t-elle dit ?

— Oh, rien. Mais j'ai bien vu que quelque chose n'allait pas. J'aime beaucoup Patience, James. Ne lui fais pas de mal.

— Ce n'est pas mon intention ! Pourquoi dis-tu cela ?

Sa mère se mit à rire, sans qu'il comprenne pourquoi.

— Qu'y a-t-il de si drôle ?

— Pourquoi ne poses-tu pas la question directement à Patience ?

James sentit qu'ils s'aventuraient sur un terrain glissant. Il changea délibérément de sujet.

— Lorsque tu seras rétablie, où voudras-tu habiter ? Chez moi ou chez Patience ?

Avec délicatesse, la vieille dame lui prit la main.

— Ta proposition me touche, James, mais je serais incapable de revenir habiter dans cette maison. J'y ai été trop malheureuse. Et puis, tous mes amis logent aux Cèdres et ils me manqueraient. C'est un endroit si joyeux ! Je souhaite y passer le reste de mes jours.

— Mais si Patience décide de fermer la pension de famille ? Si, par exemple, elle se marie ?

De nouveau, sa mère fit entendre un petit rire.

— Elle a juré aux enfants de rester auprès d'eux jusqu'à leur majorité et Emmy n'a que six ans ! Je doute d'être encore en vie quand elle en aura dix-huit.

— As-tu pensé que si Patience épousait un homme fortuné, elle pourrait garder la maison sans plus y accueillir d'hôtes payants ?

— Tu imagines Patience mettant à la rue Lavinia et le vieux Joe ? Non, James, c'est impossible.

— Tu as raison, elle est bien trop sensible, acquiesça-t-il dans un murmure.

— Pas sensible, James. Patience est bonne et généreuse. C'est vraiment une jeune femme merveilleuse, quelqu'un d'unique.

Leurs regards se croisèrent. James se releva avec précipitation et embrassa brièvement sa mère.

— Je dois retourner au bureau, lança-t-il. Je reviendrai demain après-midi. As-tu besoin de quoi que ce soit ?

— Non, j'ai tout ce qu'il me faut, merci, dit-elle avec un petit soupir de satisfaction.

Il aurait aimé pouvoir dire la même chose ! Des années durant, il avait marché droit devant lui, sans se demander quel but il poursuivait. Aujourd'hui, il se rendait compte que, sans amour, son existence était creuse et vaine. Et il était vraisemblablement trop tard ! Ayant perdu sa mère très tôt, il ne comprenait rien aux femmes. Il avait cru longtemps qu'une épouse devait se contenter d'être belle et élégante, et il avait courtisé Fiona alors qu'elle était l'antithèse de ce qu'il recherchait chez une femme. C'était Patience, qu'il voulait. Malheureusement, il ne savait pas ce qu'elle éprouvait à son endroit, et il redoutait par-dessus tout qu'elle le repousse. La douleur serait par trop insupportable.

Il sortit de la chambre. Parvenu au bout du couloir, il aperçut un petit groupe animé qui s'avançait dans sa direction et il reconnut les pensionnaires des Cèdres. Lavinia, pimpante dans un ensemble bleu roi, marchait en tête, portant un panier de douceurs. Suivaient Joe en veste de tweed, et tous les autres qui, en croisant James, le saluèrent gaiement.

— Bonjour, James ! Comment va Ruth ? s'enquit Lavinia. Selon Patience, elle est en voie de guérison. Je lui ai préparé mes fameux cookies. C'est excellent pour le cœur.

— Et moi, je lui apporte des jonquilles, bougonna Joe, l'air mécontent. Mais j'imagine que vous l'avez déjà noyée sous une avalanche de lis et d'orchidées ! Enfin, les miennes viennent du jardin ! conclut-il avec défi.

— Elle va les adorer ! assura James. Votre visite va l'enchanter, vous lui manquiez déjà.

— Vous allez l'emmener chez vous quand elle ira mieux, hein ? Vous habitez un de ces châteaux à l'ouest de la ville, c'est ça ? marmonna Joe.

— Je lui ai proposé d'emménager chez moi, en effet.

Les figures s'allongèrent visiblement sous l'effet de la déception.

— Mais elle a refusé, s'empressa-t-il d'ajouter. Elle s'ennuierait trop chez moi. Elle préfère rester aux Cèdres.

Chacun retrouva aussitôt le sourire et James ne s'attarda pas. Il prit congé et laissa les pensionnaires poursuivre leur chemin en pépiant tels des canaris dans une volière. Tout l'hôpital devait les entendre !

— A la banque, monsieur ? lui demanda Barny quand il se fut installé dans la Daimler.

James hésita. Le plus raisonnable était de rester à distance de Patience. Et il avait toujours privilégié la raison. Mais tout à coup, il se sentait libéré de ses vieilles contraintes, de ses préjugés et de sa routine. L'effet du printemps, sans doute.

— Non, conduisez-moi aux Cèdres, dit-il.

Tandis que la voiture s'insérait dans le trafic, James décida de mettre Barny au courant des dernières nouvelles.

— J'ai invité ma mère à venir habiter chez moi, mais elle a décliné mon offre, précisa-t-il. Elle dit que la maison lui rappelle trop de mauvais souvenirs. Elle préfère rester aux Cèdres en compagnie de ses amis.

— Je la comprends. Moi-même, j'ai toujours trouvé la maison de Regent's Park lugubre, à tel point que, quand votre mère est partie, nous avons songé à démissionner, Enid et moi. Nous y avons finalement renoncé à cause de vous, monsieur James.

— Et je vous en suis très reconnaissant ! Dieu sait ce qu'aurait été mon enfance sans vous !

— Nous n'avons jamais demandé votre gratitude, rétorqua Barny. Vous avez été en quelque sorte l'enfant que nous n'avions pas eu. Nous n'avons jamais regretté notre décision.

— Et vous, vous étiez un peu mes parents...

James réfléchit quelques secondes avant de demander :

— Barny, si jamais je me mariais et vendais la maison, que feriez-vous, vous et Enid ? Préféreriez-vous me suivre, ou bien...

— Il n'est guère aisé pour une jeune mariée d'avoir affaire à un couple de vieux domestiques. Non, monsieur. Enid et moi, nous avons déjà envisagé la question. Si vous vous mariez, nous prendrons un petit appartement sur la côte Sud.

— Vous me manqueriez beaucoup, avoua James.

— Vous aussi, mais c'est la vie. Le monde évolue. Et, tôt ou tard, nous aurions dû prendre notre retraite.

A cet instant, le téléphone portable sonna. James répondit :

— James Ormond à l'appareil.

— Etes-vous au courant de la nouvelle ? fit la voix de Mlle Roper. Avez-vous des instructions à me donner ?

— La nouvelle ? Quelle nouvelle ? demanda James, déconcerté.

— A propos de M. Wallis, monsieur... Il paraît qu'il se trouve au beau milieu d'une débâcle financière. Enfin, ce n'est qu'une rumeur. Mais des clients nous téléphonent pour tâcher d'en savoir plus. Il paraît... C'est un peu délicat, mais... Il paraît que les services du fisc ont épluché les comptes de la société...

— Quoi ? C'est impossible !

— Sir Charles a tenté de vous joindre et je tiens cette information de sa bouche. Apparemment, personne ne sait où se trouve M. Wallis. On dit... qu'il a quitté le pays.

La lumière se fit soudain dans l'esprit de James. Fiona était au courant des déboires financiers de son père ! Voilà pourquoi elle avait tout tenté pour renouer avec lui. Elle voulait qu'il s'engage vis-à-vis d'elle, qu'il lui demande de l'épouser avant d'apprendre le fin mot de l'histoire.

— De qui sir Charles tient-il ces renseignements ? demanda-t-il à Mlle Roper.

— De Mlle Wallis elle-même. Elle se trouvait chez lui quand il a appelé.

— Fiona chez sir Charles ? C'est bizarre... Ils ne sont pas très proches, enfin à ma connaissance.

— Eh bien... En fait, sir Charles m'a confié qu'ils allaient se marier, répondit Mlle Roper, une incontestable note de satisfaction dans la voix.

— Quoi ? Charles et Fiona ?

En dépit de son incrédulité, le cerveau de James travaillait à plein régime. Certes, Charles n'avait pas caché qu'il trouvait Fiona très séduisante. Mais il avait toutes les femmes à ses pieds et avait clairement signifié qu'il entendait bien ne plus jamais se marier.

— Vous êtes sûre d'avoir bien compris, mademoiselle Roper ?

— Je n'ai pas l'habitude de me tromper en prenant les messages, monsieur Ormond !

— Eh bien... quelle surprise !

Levant les yeux, il se rendit compte que la voiture venait d'atteindre Muswell Hill. D'ici, on avait une vue surprenante de la ville qui s'étendait jusqu'à l'horizon : une mer de toitures rouges et grises, des cheminées, des clochers d'églises, des immeubles, enchâssés dans des jardins et des parcs verdoyants. Au lointain, le ruban scintillant de la Tamise serpentait vers la mer.

— Des instructions, monsieur Ormond ? s'enquit Mlle Roper.

— Pardon ? Euh, oui. Vérifiez les dossiers de nos clients qui pourraient être également clients chez M. Wallis, et contactez-les le cas échéant pour les prévenir.

— Comptez-vous revenir au bureau aujourd'hui ?

— Pas avant plusieurs heures.

— Il y a des lettres à signer, et le téléphone ne cesse de sonner, déclara-t-elle sur un ton de léger reproche.

— Je passerai en fin d'après-midi. Gardez le fort en mon absence !

Il coupa la communication avant qu'elle ne puisse argumenter davantage, puis il se renfonça dans la banquette. Charles et Fiona ! La vie était décidément pleine de rebondissements. Mais, à la réflexion, ce mariage comportait des avantages certains pour eux deux. Ils avaient le même tempérament et nombre d'intérêts communs. Fiona adorerait dépenser l'argent de Charles, qui serait quant à lui ravi de parader au bras d'une si belle femme.

— De mauvaises nouvelles, monsieur ? demanda Barny.

— Pas vraiment. Mlle Wallis va épouser sir Charles.

Barny ne parut pas étonné outre mesure. Il hocha la tête, tout en se garant devant le portail des Cèdres.

— Allez prendre un thé quelque part et revenez dans une heure, le pria James, avant de descendre du véhicule.

Lentement, il remonta l'allée en direction de la maison qui, pour une fois, semblait calme et déserte. Les enfants devaient être à l'école.

Qu'allait-il dire à Patience ? Et si elle n'était pas là ?

Une seconde plus tard, il entendit sa voix dans le jardin, et le soulagement l'envahit. Pressant le pas, il contourna la maison et l'aperçut, vêtue d'un sweater blanc et d'un vieux jean, ses cheveux roux flamboyant au soleil. Mais la colère l'empoigna quand il s'aperçut qu'elle se trouvait en compagnie de Colin.

— Colin, essaie de comprendre ! protestait-elle.

— Mais je t'aime ! Je veux t'épouser et... Oh, je sais que je n'ai pas beaucoup d'argent, mais...

— Colin, ça suffit !

Absorbés dans leur discussion, les deux jeunes gens ne remarquèrent pas la présence de James. Brusquement, Colin enlaça Patience et chercha à l'embrasser. Patience tenta de le repousser, mais il resserra son étreinte et couvrit de baisers enfiévrés le front et les joues de la jeune femme qui se débattait furieusement.

James n'était même pas conscient de s'être mis à courir, mais, bouillant de rage, il rejoignit le couple en quelques enjambées, saisit Colin par le col le jeta à terre.

Puis, hors de lui, il se tourna vers Patience.

— Pourquoi le laissez-vous vous embrasser ? rugit-il. Vous savez bien qu'il est trop jeune pour vous ! Je suis peut-être trop vieux, mais il est trop jeune !

Sans l'écouter, elle se précipita vers Colin pour l'aider à se relever.

— Il t'a fait mal, Colin ? demanda-t-elle avec inquiétude.

— Je vais le tuer ! hurla le garçon en regardant James d'un œil mauvais.

Il se rua sur son rival, qui le repoussa sans effort du plat de la main et l'envoya rebondir contre le tronc d'un arbre. Patience se campa devant le garçon.

— Colin, tu vas m'écouter, déclara-t-elle d'un ton péremptoire. Ce n'est pas une question d'âge ou d'argent. Je ne suis pas amoureuse de toi. Je t'aime bien, comme un ami, c'est tout. Je t'ai souvent accueilli chez moi parce que tu avais des problèmes avec tes parents, mais maintenant je pense qu'il vaudrait mieux que tu te tiennes à l'écart. Je ne supporte plus ces scènes, elles m'horripilent ! J'ai assez de soucis comme ça sans avoir en plus à gérer les tiens. Trouve-toi une fille de ton âge et oublie-moi.

Pétrifié, le garçon la dévisagea un long moment, comme en état de choc. Puis, sans un mot, il tourna les talons et s'éloigna, avant de claquer le portail derrière lui.

Patience poussa un profond soupir.

— Pauvre Colin ! Pourquoi les gens sont-ils si compliqués ? Je n'ai pas arrêté de lui dire que je ne l'aimais pas, mais il refusait de m'écouter.

— Il va mûrir et se remettre, vous oublier...

James prit une profonde inspiration et joua son va-tout :

— Pas moi. Je vous aime, Patience. Dieu merci, c'est la première fois que cela m'arrive. Les gens prétendent que l'amour est merveilleux, mais c'est un mensonge. L'amour fait mal. Alors, autant souffrir une bonne fois pour toutes. Si vous pensez que vos sentiments à mon égard ne changeront jamais, dites-le-moi maintenant, et qu'on en finisse.

Elle le considéra de ses grands yeux lumineux et, doucement, posa la main contre sa joue.

— James..., murmura-t-elle.

— Oh non ! Ne me parlez pas comme à un petit garçon ! Je ne veux pas de votre sollicitude, Patience. Je souhaite juste que vous vous montriez franche avec moi.

— Mais... votre petite amie ? Je vous ai vu l'embrasser. Vous ne pouvez pas aimer deux femmes en même temps.

— Non, vous l'avez vue m'embrasser moi ! Patience, croyez-moi, il n'y a jamais rien eu de sérieux entre Fiona et moi. Nous nous fréquentions, mais nous n'étions pas amoureux l'un de l'autre, et nous n'avons jamais couché ensemble. J'avoue que j'ai songé à l'épouser, mais cela aurait été une terrible erreur. Je frémis à l'idée de l'enfer que serait devenue ma vie !

— Vous êtes sûr qu'elle ne vous aimait pas ? Elle semblait pourtant vous embrasser avec conviction, tout à l'heure !

— De la pure comédie ! Vous ne la connaissez pas, elle

est froide et calculatrice, elle essayait juste de me récupérer. Mais c'est pour ma fortune qu'elle voulait m'épouser. Son père est en faillite, elle a besoin d'argent.

— Pauvre Fiona! murmura Patience. Comment pouvez-vous être sûr qu'elle ne vous aime pas? Vous n'êtes pas tellement bon juge en matière de sentiments.

— Je le confesse, néanmoins, en ce qui concerne Fiona, je n'ai aucun doute. La meilleure preuve, c'est qu'elle vient de se fiancer à un riche homme d'affaires bien plus âgé qu'elle.

— Quoi? Vous plaisantez?

— Pas du tout. Elle a joué et perdu avec moi, donc elle s'est rabattue sur un autre sans perdre de temps. Finalement, ce n'est peut-être pas une mauvaise solution pour elle. Charles a de l'expérience, il n'est pas plus épris qu'elle, cependant il la trouve séduisante et ne s'en cache pas. Il ne se berce pas d'illusions. Il lui offrira un bon train de vie, et je parie qu'ils s'entendront très bien tous les deux.

Patience hocha la tête.

— Vos amis sont des gens très bizarres, James. Cyniques, blasés... Ces adjectifs vous décriraient bien, vous aussi, non?

— Moi, cynique? Peut-être. Blasé, certainement pas. Somme toute, j'ai très peu d'expérience de la vie, j'ai toujours été trop occupé à travailler. Je ne connaissais rien à l'amour... avant de vous rencontrer. Je vous aime, Patience.

— Alors, cessez de discuter et embrassez-moi, chuchota-t-elle.

Hésitant, il s'approcha, lui prit le visage entre ses paumes, et posa sa bouche sur la sienne, dans un baiser respectueux, puis de plus en plus dévorant comme il laissait libre cours aux émotions qui le ravageaient.

Enfin il s'écarta d'elle et, la regardant au fond des yeux, murmura dans un soupir :

— Mon Dieu, j'ai attendu si longtemps un tel instant!

Patience noua les bras autour de son cou et chercha ses lèvres. Yeux clos, James la serra contre lui. Un bonheur vertigineux l'envahissait.

— Moi aussi, je t'aime, James.

— Vraiment ? Tu en es sûre ?

— Oh oui ! J'étais si malheureuse quand je suis partie de chez toi tout à l'heure ! Je n'ai pas supporté de te voir embrasser cette femme. Je n'aurais pu continuer à feindre l'indifférence et à rester polie avec elle.

— Et moi qui croyais que tu te souciais de moi comme d'une guigne !

— Pas du tout ! J'ai compris que je t'aimais le soir de mon anniversaire. Quand tu es arrivé, je t'ai regardé et je me suis sentie toute bizarre, mes jambes tremblaient... et pourtant j'avais bonne envie de te gifler à cause de ton attitude envers ta mère ! Ruth est si délicieuse... Il va falloir être très gentil avec elle, James.

Il la considéra avec tendresse.

— Tu es merveilleuse, Patience ! Acceptes-tu de m'épouser ? Le plus vite possible. Je vais devenir fou si je ne peux t'avoir très bientôt dans mon lit !

Ses joues rosirent délicatement, et elle baissa la tête.

— C'est impossible, James...

— Comment ? Mais pourquoi ? Tu viens de me dire que tu m'aimais...

— Si je t'épouse, tu voudras que j'aille vivre avec toi, et je ne peux quitter Les Cèdres. J'ai fait une promesse aux enfants, je dois la respecter. Et je ne peux pas non plus abandonner tous mes amis.

Soulagé, James se mit à rire.

— Je suis peut-être stupide parfois, mais j'ai bien compris où tu désirais vivre, dit-il. Cela ne me pose aucun problème. De toute façon, j'ai toujours détesté Regent's Park. Ma mère a raison, c'est un endroit sinistre. Je vais vendre la maison sans le moindre regret.

Le visage de Patience s'illumina soudain.

— Et tu viendras habiter ici, avec nous ? s'exclama-t-elle, incrédule.

— Bien sûr.

— Mais... pourras-tu le supporter ? Tu es habitué à vivre

dans le luxe et le calme, à être servi par des domestiques. Ici, c'est une maison de fous parfois ! Les enfants jacassent, les chiens aboient, Lavinia et Joe se disputent tout le temps...

— Si cela me contrarie, je pourrai toujours me construire une cabane dans un arbre du jardin !

Patience éclata de rire à son tour.

— Emmy ne te laisserait pas en paix très longtemps ! prévint-elle. Elle t'adore, et, si tu te construis une cabane, elle voudra rester auprès de toi.

— C'est une enfant adorable. Quand je la regarde, je sais comment tu devais être à son âge.

— Oui, elle me ressemble beaucoup. Mais, James... As-tu pensé à Barny et Enid ? Je les aime bien. Je ne voudrais pas que tu les licencies comme ça. Ils ont passé leur vie entière à veiller sur toi.

— J'ai discuté avec Barny, et je sais qu'ils ont déjà formé le projet d'aller s'installer au bord de la mer. Ils ont envie de prendre leur retraite, et, si je suis marié, ils ne s'inquiéteront pas pour moi.

— Tu es sûr que Barny ne disait pas cela pour te faire plaisir ?

— Tu peux lui parler toi-même, si tu veux t'en assurer. Et puis, s'ils changent d'avis, nous pourrons toujours faire construire une annexe aux Cèdres afin de les loger. Ce n'est pas la place qui manque !

— Décidément, tu as réponse à tout !

— Si tu m'aimes, aucun problème ne sera insurmontable. C'est la seule chose qui compte, Patience. M'aimes-tu, et acceptes-tu de m'épouser ?

Patience lui prit le visage entre ses petites mains et riva son regard au sien.

— Oh oui, James. Je t'aime et je serai ta femme. Et crois-moi, moi aussi j'ai hâte de me retrouver dans le même lit que toi !

Chère lectrice,

Vous nous êtes fidèle depuis longtemps?
Vous venez de faire notre connaissance?

C'est pour votre plaisir que nous avons imaginé un rendez-vous chaque mois avec vos auteurs préférés, vos AUTEURS VEDETTE *dans les collections* Azur *et* Horizon.

Les AUTEURS VEDETTE *vous donneront rendez-vous pour de nouveaux livres vedette.*

Pour les reconnaître, cherchez l'étoile... Elle vous guidera!

Éditions Harlequin

AUT-R-R

LE FORUM DES LECTEURS ET LECTRICES

CHERS(ES) LECTEURS ET LECTRICES,

VOUS NOUS ETES FIDÈLES DEPUIS LONGTEMPS?

VOUS VENEZ DE FAIRE NOTRE CONNAISSANCE?

SI VOUS AVEZ DES COMMENTAIRES, DES CRITIQUES À FORMULER, DES SUGGESTIONS À OFFRIR, N'HÉSITEZ PAS... ÉCRIVEZ-NOUS À:

LES ENTERPRISES HARLEQUIN LTÉE.
498 RUE ODILE
FABREVILLE, LAVAL, QUÉBEC.
H7R 5X1

C'EST AVEC VOS PRÉCIEUX COMMENTAIRES QUE NOUS ALLONS POUVOIR MIEUX VOUS SERVIR.

DE PLUS, SI VOUS DÉSIREZ RECEVOIR UNE OU PLUSIEURS DE VOS SÉRIES HARLEQUIN PRÉFÉRÉE(S) À VOTRE DOMICILE, NE TARDEZ PAS À CONTACTER LE SERVICE D'ABONNEMENT; EN APPELANT AU (514) 875-4444 (RÉGION DE MONTRÉAL) OU 1-800-667-4444 (EXTÉRIEUR DE MONTRÉAL) OU TÉLÉCOPIEUR (514) 523-4444 OU COURRIER ELECTRONIQUE: AQCOURRIER@ABONNEMENT.QC.CA OU EN ÉCRIVANT À:

ABONNEMENT QUÉBEC
525 RUE LOUIS-PASTEUR
BOUCHERVILLE, QUÉBEC
J4B 8E7

MERCI, À L'AVANCE, DE VOTRE COOPÉRATION.

BONNE LECTURE.

HARLEQUIN.

VOTRE PASSEPORT POUR LE MONDE DE L'AMOUR.

COLLECTION HORIZON

Des histoires d'amour romantiques qui vous mènent au bout du monde!

Découvrez la passion et les vives émotions qu'apportent à la Collection Horizon des auteurs de renommée internationale!

Captivantes, voire irrésistibles, ces histoires d'amour vous iront assurément droit au coeur.

Surveillez nos quatre nouveaux titres chaque mois!

Composé sur le serveur d'Euronumérique, à Montrouge
par les Éditions Harlequin
Achevé d'imprimer en juillet 1999
sur les presses de l'Imprimerie Bussière
à Saint-Amand-Montrond (Cher)
Dépôt légal : août 1999
N° d'imprimeur : 1364 — N° d'éditeur : 7731

Imprimé en France